MAILLES À L'ENVERS

Jean-Louis Major

MAILLES À L'ENVERS

contes

FIDES

Données de catalogage avant publication (Canada)

Major, Jean-Louis, 1937-

Mailles à l'envers

ISBN 2-7621-2147-7

1. Titre

PS8576.A522M34   1999   C843'.54   C99-940228-5
            PS9576.A522M34   1999
            PQ3919.2.M34M34   1999

Dépôt légal : 1ᵉʳ trimestre 1999
Bibliothèque nationale du Québec
© Éditions Fides, 1999.

Les Éditions Fides remercient le ministère du Patrimoine canadien du soutien qui
leur est accordé dans le cadre du Programme d'aide au développement de l'industrie
de l'édition. Les Éditions Fides remercient également le Conseil des Arts du Canada
et la Société de développement des entreprises culturelles du Québec (SODEC).

Le conte fini, l'hiver vinssit.

L'ARTISTE

On fait des vœux pour la république,
quand on n'en fait que pour soi-même.

VOLTAIRE

I<small>L</small> <small>LUI</small> <small>PRENAIT</small> parfois des fantaisies qui le conduisaient aux champs ou dans les sous-bois, mais le chevalet revenait toujours se camper devant la maison. Beau temps, mauvais temps, automne et printemps, hiver comme été, il peignait tout le jour et peut-être la nuit, sans effort visible ni métier apparent. Les couleurs y mordaient l'espace sans l'avaler, vives comme soleil sur la neige ; rouge, vert, bleu, jaune virevoltaient sous l'aiguillon du vent. Parfois, sans qu'on sache pourquoi — c'était au retour des brèves absences du chevalet —, elles s'affaissaient et s'assombrissaient, plages envahies par une nuit souterraine.

L'artiste s'installait de temps en temps devant son chevalet, pinceaux en mains, pour lui donner un coup de pouce : trois coups de pinceau par-ci, deux coups par-là, un trait de spatule, rarement davantage. La plupart du temps, il se contentait de contempler ce qui s'y trouvait.

On se disait qu'il devait peindre ce qu'il voyait, mais ce qu'il peignait ne ressemblait à rien de ce qu'on voyait. On ignorait s'il corrigeait la nature ou la forçait à entrer dans son rêve. Personne n'y reconnaissait le paysage ni les visages. Sauf lui, peut-être, mais il n'en disait rien.

— Est-ce que ça paye ? lui demandait-on.

— Bien sûr, répondait-il avec un sourire.

Il fallait bien le croire sur parole, puisqu'on ne l'avait jamais vu travailler.

— Ça vaut combien, un tableau comme ça ?

— Ceux-ci ne sont pas à vendre, ils ne sont pas encore au point.

Là aussi, il fallait le croire sur parole, personne n'en ayant jamais vu qui fussent terminés. On se demandait parfois de quoi ses tableaux avaient l'air quand ils étaient au point, mais personne n'eut l'idée d'en acheter un. Si on s'enquérait du prix, c'était par politesse, comme on demande au voisin combien il a payé son auto neuve. D'ailleurs, comment savoir si c'est beau, à moins d'en connaître le prix ?

Il n'était pas de la paroisse, n'y étant pas né : père et mère ni vus ni connus. Il n'était pas du village : il habitait de l'autre côté de la rivière, là où elle replie le bras pour y laisser dormir le village. La terre lui venait de son grand-père, un coureur d'aventures dont la légende s'était éteinte avec la fin des veillées au corps. Il habitait une maison de pièces. Cabane pour les uns, maisonnette pour les autres ; « guinguette meublée selon l'ordonnance », disait Jean-Jacques, qui lui rendait visite plus souvent qu'à son tour et qui, parlant un français du dix-huitième, mettait tout le monde d'accord, personne ne sachant de quoi il parlait. Modeste, elle s'effaçait parmi l'herbe et les arbres, qui se disputaient à qui occuperait le plus de place ; spacieuse, elle avait laissé entrer quelques meubles autour desquels elle ménageait beaucoup d'espace. Il y habitait depuis trente ans au moins, la blanchissant à la chaux chaque année.

Les uns le disaient simple d'esprit ; les autres lui prêtaient un génie d'avant-garde qui ne se laissait pas deviner. Personne ne savait quand ni comment la coutume s'était établie de lui porter de la nourriture à l'occasion des décès.

Même si elle semble oublier les uns et se présenter trop tôt chez les autres, la mort est bonne administratrice : elle ne néglige personne. À l'encontre des députés, qui s'attribuent des salaires non imposables, les croque-morts n'échappent pas au sort de leurs administrés. Du calcul de l'écart entre l'illusion de l'oubli et la menace du trop tôt, les compagnies d'assurances produisent cependant des moyennes et des médianes, dont elles tirent leurs profits. Comme les médecins, elles ont intérêt à ce que leurs clients vivent le plus longtemps possible, alors que ceux-ci, au contraire, s'efforcent de trépasser au plus tôt pour bénéficier de leur police d'assurance à moindre coût. C'est ainsi qu'à Saint-Issaire on mourait régulièrement, comme partout ailleurs, même plus régulièrement qu'ailleurs, puisque la mort, doublement saluée, en son envers et en son endroit, n'y passait jamais inaperçue.

De temps immémorial, quelqu'un venant à mourir, c'est par la table que passait la sympathie ; chacun offrait à la famille du défunt qui un gâteau, qui un jambon, qui des sandwiches au lard, qui des sandwiches aux œufs. L'art s'associant à la mort, on fit les choses en double : un gâteau pour la veuve et un pour l'artiste ; des sandwiches au lard pour la famille et autant pour l'artiste. Les défunts ne s'en plaignirent jamais, l'artiste non plus, qui acceptait sans surprise et remerciait avec le sourire.

Seuls les notables maugréaient contre cette coutume qui encourageait la fainéantise, mais en se gardant bien de trop insister. Quelques-uns faisaient même porter à la cabane de l'artiste qui un fromage, qui un gâteau, mais sans la publicité qui entourait habituellement leurs bonnes œuvres.

Un décès survenait-il dans la famille d'un notable — cela leur arrivait comme à tout le monde : c'était leur façon de montrer qu'au fond ils étaient du monde comme les autres —, sa table débordait, elle aussi, de gâteaux, de tartes, de rôtis de lard et de sandwiches, même plus que celle des autres, puisque, c'est bien connu, les riches ont plus d'appétit. Leur dignité de notables leur interdisant cependant de consommer ces témoignages de sympathie et encore plus de les servir à leurs invités, les mieux nantis devaient recourir aux services d'un traiteur de la ville, les autres à ceux d'un traiteur du village voisin. Les notables, qui payaient des fortunes à des experts en fiscalité pour réduire les impôts sur les profits qu'ils tiraient de leurs clients, n'avaient pas d'objection à remettre la totalité de ce qu'ils en avaient reçu comme témoignage d'estime, pourvu qu'on ne le sache pas. En lui enjoignant de n'en souffler mot à personne, sous peine de représailles, ils envoyaient quelque cousine pauvre porter tout le fruit de leur sympathie à l'artiste, qui le recevait sans surprise et remerciait avec le même sourire.

Tout haut, on disait que jamais ce fainéant ne songerait à travailler, et encore moins à partir, si l'on persistait à le nourrir de pareille façon. Tout bas : « Sait-on jamais ? Cela pourrait porter chance. En affaires, on ne peut jamais mettre trop de chances de son côté. Charité au moment opportun peut à son tour porter fruit. »

La cabane de l'artiste transigeait ainsi entre l'ici-bas et l'au-delà, ou du moins entre l'ailleurs et l'ici, chacun la situant d'un côté qui n'était pas le même pour tout le monde, même quand on croyait la situer entre les deux.

Comment cerner les rapports entre le centre et la périphérie ? L'église au milieu, les commerces tout près, la cabane à l'orée. Laquelle dépend de l'autre ?

Laquelle dépend des autres ? L'orée est-elle l'entrée ou la sortie ? Est-ce toujours selon que l'on va ou que l'on vient ?

Vint un jour où l'on s'avisa que cette cabane, et toute cette terre qui s'y attachait sans profit, freinait le développement du village. La rivière, qui n'était peut-être qu'un ruisseau, y creusait son lit, même si l'eau n'y montait jamais ; pour repousser l'envahissement des champs, elle entretenait chez quelques arbres des illusions de forêt, mais du même coup fermait le village sur lui-même. Il suffirait d'y installer quelques commerces pour que le village se développe indéfiniment vers le sud, qui, chacun le sait, est le pôle du progrès.

C'était l'emplacement idéal pour au moins deux stations-service et même une entreprise industrielle, qu'on pourrait appâter avec un congé de taxes municipales pour dix ans, agrémenté de quelques subventions. Après tout, à part quelques hurluberlus qui tenaient à gaspiller leur vote, le village avait voté massivement du bon bord : avant les prochaines élections, le député saurait à son tour détourner du bon côté au moins deux ou trois subventions.

Du coiffeur à l'épicier, de l'épicier au quincaillier, du quincaillier au courtier d'assurances, en remontant la hiérarchie de tout ce que Saint-Issaire comptait de citoyens soucieux du bien public, on fut d'accord qu'il fallait faire quelque chose. Le courtier d'assurances en parla au gérant de banque, qui en fit la suggestion à ses deux clients les plus importants, qui étaient aussi les deux plus gros employeurs de Saint-Issaire. Le marchand de bois et le propriétaire de la meunerie s'entendirent entre eux. Le gendre de l'un, qui était le fils de l'autre, fit savoir au maire que la situation était sérieuse, que l'opinion publique s'en préoccupait et qu'il aurait intérêt à s'en occuper. L'argument était de poids, le maire n'eut pas besoin d'y réfléchir plus longuement : il fallait exproprier cette terre qui nuisait au progrès. Poussé par le vent du large qui lui avait soufflé à l'oreille pour lui indiquer de quel côté se trouvaient son devoir et son intérêt, le maire n'eut pas de peine à convaincre le conseil municipal.

Lorsque vint le temps de mettre le projet à exécution, l'audace du maire se fit cependant moins audacieuse : son avocat, qui était aussi l'avocat de la municipalité, lui avait conseillé la prudence. D'autant plus que, le maire s'étant amené chez l'artiste pour le mettre au courant des voies du progrès, celui-ci, peu respectueux des bonnes manières, lui avait énuméré quelques-unes de ses transactions trop avantageuses pour n'être que le résultat de son astuce, et lui avait intimé de quitter les lieux. Le maire mit le gendre au courant ; on n'entendit plus parler du projet au conseil municipal.

Les notables ne manquaient pourtant pas qui, chacun pour soi, avaient déjà escompté le prix de la terre expropriée : ils prévoyaient faire œuvre civique en s'en portant acquéreurs — à un prix abordable, bien entendu — afin d'assainir les finances de la municipalité. Pour pallier l'impuissance de la politique, ils prirent les choses en main, se disant que, décidément, on ne pouvait jamais compter sur les politiciens. Le marchand de bois envoya chez l'artiste un échevin à sa solde ; le propriétaire de la meunerie en fit autant. Deux ou trois commerçants de moindre envergure, qui envisageaient sans gaieté de cœur d'avoir à acheter des maisons voisines s'ils voulaient prendre de l'expansion ou bâtir un entrepôt, se déclarèrent investisseurs ; ils en parlèrent au gérant de banque, qui, à son tour, se pointa chez l'artiste.

Les approches se firent prudentes. Il fallait éviter que, voyant gonfler le prix de sa terre, l'artiste ne s'enflât la tête. Après tout, c'était pour le bien commun : presque une œuvre de charité publique. On parla d'abord de la température, puis de la peinture en général, enfin de ses tableaux en particulier. Mais il n'y avait pas beaucoup à en dire. Ni de la température, ni de la peinture, et encore moins de ses tableaux. Dans les circonstances, on eut été mal avisé d'en médire. D'ailleurs, les ambassadeurs, désignés pour leur servilité plutôt que pour leur connaissance de l'art, étaient plus loquaces lorsqu'il s'agissait de discuter du contrat pour la peinture du hangar municipal qu'à propos de techniques picturales. De son côté, l'artiste n'encourageait pas la conversation : il semblait indifférent à la température et ses réponses aux questions concernant la peinture, celle des autres autant que la sienne, étaient d'un laconisme sibyllin. Enfin, on se décida à lui demander s'il ne songeait pas à vendre sa terre, puisqu'il ne la cultivait pas et qu'elle retombait en friche : dans quelques années, elle ne serait plus cultivable. Sa réponse était chaque fois évasive mais ferme. On lui avait même offert de lui laisser sa cabane s'il vendait la terre. Il avait répondu: «J'ai besoin de toute ma terre pour ma peinture.»

Quand ils passaient devant la cabane de l'artiste pour se rendre en ville, les notables ne se permettaient qu'un coup d'œil dans sa direction. Cela suffisait pour attiser sa colère qui, à son tour, lui faisait mijoter de nouveaux projets, tous aussi futiles les uns que les autres. Que peut-on contre les simples d'esprit qui ne comprennent ni la valeur de l'argent ni la nécessité du progrès? Quand ils faisaient les honneurs du village à leurs visiteurs, tous personnages importants — politiciens, représentants de grosses entreprises ou fournisseurs —, ils auraient bien voulu éviter de passer par là, mais ne pouvaient faire autrement. C'était la seule façon de rejoindre l'autoroute, récemment construite, et dont la proximité constituait l'un des principaux atouts du village, avec la main-d'œuvre stable et les salaires raisonnables. Avant d'arriver à la hauteur de la cabane, ils accéléraient et, d'un air qui laissait entendre qu'ils étaient au courant de choses dont ils ne pouvaient pas parler, disaient: «C'est ici la fin du village, mais on compte être bientôt en mesure de s'étendre.»

Les gens d'espèce moins considérable ne manquaient jamais, eux, d'indiquer à leurs visiteurs le chevalet qui attendait son maître devant la maison de pièces blanchie à la chaux. On disait: «C'est notre artiste, il fait de la peinture, il est bien connu en

17

dehors du village.» Et quand l'artiste était installé devant son chevalet, on s'arrêtait, le temps d'échanger quelques mots, après avoir prévenu les visiteurs : «C'est un original, mais il n'a jamais fait de mal à personne.»

QUESTIONS THÉOLOGIQUES

La doctrine des uns exige la discussion,
celle des autres la soumission.

J.-J. ROUSSEAU

AU DÉBUT, cela l'avait quelque peu vexé. Inquiété
même, devait-il avouer pour être bien franc. Il
s'était demandé s'il n'était pas excommunié. Puis, le
sobriquet persistant à le suivre de plus près que son
ombre, Arthur s'était dit qu'il lui allait peut-être
mieux que son nom de baptême.

Le nom que nous recevons à la naissance a bien
peu de chances de nous convenir : on nous le livre à
crédit, sans que nous l'ayons demandé. Ensuite on
s'attend à ce que nous lui fassions honneur... Rien
n'empêche qu'il y a des gens dont la seule ambition est
d'être à la mesure de leur nom. Pas étonnant qu'ils
aient toujours l'air étriqué.

En exagérant un peu, on aurait pu soutenir que tout avait commencé par un sermon. Le dimanche précédent, le curé avait tonné contre ceux qui ne faisaient pas maigre le vendredi, prédisant malheurs et malédictions aux impies qui s'imaginaient qu'ils pouvaient bafouer impunément les commandements de l'Église. Rien qui sortît de l'ordinaire, pourtant.

Tout le monde était d'accord, le curé Grolier était bon prédicateur, même s'il ne pouvait plus cogner sur la chaire comme autrefois — il le rappelait souvent aux réunions diocésaines, le Concile avait rendu l'éloquence plus difficile en éliminant la chaire. Il savait, au bon moment, élever les bras de façon dramatique, ce qui avait pour effet de donner de l'ampleur aux manches de son beau surplis de dentelle et à sa voix de baryton. Il ne baissait le ton que lorsqu'il sentait les gouttes de sueur lui perler au front, qu'il se gardait bien d'éponger avant la fin, car c'était la marque d'un bon sermon.

Arthur s'était promis d'en toucher un mot au curé ; cette histoire le tracassait. Il savait encore presque tout son catéchisme par cœur et, par moments, en travaillant aux champs ou à la grange, il lui en revenait des bribes, comme une ritournelle dont on ne peut se défaire. Mais, à présent, chaque bribe qui remontait à la surface se propageait en questions : toutes celles qu'il n'avait pas posées quand elles lui étaient venues et d'autres encore qui n'en finissaient plus. Il n'allait quand même pas se rendre au presbytère pour si peu ; le curé se serait demandé ce que cachait une telle démarche, réservée aux affaires sérieuses, comme payer la dîme, faire chanter des messes ou régler un mariage.

L'occasion s'était présentée dès le samedi suivant, aux noces d'Albert Lanthier avec la veuve d'Alfred Mainville, des noces sans prétention, une cinquantaine d'invités tout au plus, sans jeunesse tapageuse, comme il convient pour un deuxième mariage. Après le repas, un groupe de fumeurs s'était formé autour du curé, qui aimait mettre son monde à l'aise, taquinant paternellement les uns, échangeant quelques blagues avec les autres.

Le curé Grolier ne cultivait pas les questions, estimant que dans une bonne paroisse le rôle du curé n'est pas d'inquiéter mais de rassurer. Il savait fermer les yeux sur ce qu'il ne pouvait changer et laissait le reste au Bon Dieu. Comme ses paroissiens, il aimait que chaque chose soit à sa place. Tout chez lui, de son apparence et de son allure, confirmait d'ailleurs à ses ouailles qu'elles étaient d'une paroisse prospère. Le curé n'avait pas à afficher des diplômes, sa science prenait appui sur ces terres cultivées depuis des générations. S'il ne ménageait personne — on en aurait été froissé —, il n'écrasait personne non plus. Il n'avait pas à défendre son autorité, tout la confortait.

Quand Laurent Méthot s'était plaint, pour se donner de l'importance, de devoir aller chez son avocat le vendredi suivant, Arthur en avait profité pour enchaîner :

— À propos, Monsieur le curé, dans votre sermon, dimanche passé, vous parliez justement de l'obligation de faire maigre le vendredi. Vous disiez que c'est un commandement de l'Église. Est-ce que ça veut dire que c'est pas dans l'Évangile ? Si c'est comme ça, quand est-ce que ça a commencé au juste, cette affaire ?

— Eh bien, Arthur, je suis content d'apprendre que mes sermons te font réfléchir. J'avais plutôt l'impression que tu en profitais pour jongler à tes affaires ou pour dormir un somme. Mais au lieu de chanter des airs de théologien, tu ferais mieux d'apprendre la différence entre le rôti de lard et l'achigan.

On s'était esclaffé. Tout le monde savait qu'Arthur ne se lavait pas au scrupule. D'ailleurs, tous ceux qui se trouvaient là avaient été assez souvent la cible de son esprit railleur pour n'être pas mécontents de le voir écoper à son tour.

Arthur, lui, s'était demandé comment le curé avait bien pu être au courant. La veille, ne comptant pas revenir à la maison pour manger, il s'était fait des sandwiches au rôti de lard, sans penser que c'était vendredi : sous prétexte qu'il ne devait pas perdre de temps s'il voulait finir les semences avant que la pluie prenne, il avait décidé de dîner dans le champ du bout de la terre. Sa femme n'était pas dupe, elle savait qu'il avait besoin de se retrouver seul de temps en temps ; elle n'en soufflait mot, se contentant d'ajouter un morceau de gâteau à son goûter. Mais, cette fois, en découvrant dans son panier les sandwiches au rôti de lard, elle lui avait resservi le sermon du curé :

— Ma foi du Bon Dieu, tu le fais exprès, Arthur. Il suffit que le curé fasse un sermon sur l'abstinence pour que tu manges du rôti de lard le vendredi suivant. Il avait cependant tenu tête. Après tout, ce n'était pas comme s'il l'avait vraiment fait exprès : il n'y avait tout simplement pas pensé. Et puis est-ce que c'était vraiment péché ? Pourtant, sa femme était bien capable d'avoir raconté une chose pareille à confesse. Tant pis. Il ne s'en serait pas confessé, mais puisque sa femme l'avait fait pour lui, il considérait qu'il avait reçu l'absolution.

Quant à chanter des airs de théologien, comme disait le curé, il ne fallait pas vanter la marchandise avant de l'avoir déballée, parce que lui, Arthur Lamirande, n'était même pas sûr de ce que ça mangeait en hiver, un théologien. Mais il n'en avait laissé rien paraître devant ses voisins, qui auraient été trop heureux de pouvoir dire que le curé lui en avait bouché un coin avec un mot de cinq piastres. Il avait même tenté de soutenir la discussion.

— Voyons donc, Monsieur le curé, vous savez bien que je fais ma religion. Si je posais la question, c'était pour savoir depuis quand c'est défendu de manger de la viande le vendredi. Puis je me demandais pourquoi on avait choisi ce jour-là plutôt qu'un autre.

— Tu l'as bien dit, mon Arthur, tu fais ta religion. Ce n'est pas moi qui te l'ai fait dire. Tu raisonnes comme un protestant.

Cette fois, les rires avaient noyé la discussion pour de bon. « Sapré protestant ! » lui avait lancé Albert en

23

lui administrant une claque dans le dos. Avec un bras pareil, celui-là peut vous faire entrer le Saint-Esprit entre les omoplates aussi facilement qu'il range une vache.

Le dimanche suivant, en visite chez sa sœur, Arthur avait demandé à sa nièce de lui trouver le mot dans le dictionnaire, parce qu'il voulait savoir exactement ce que ça chantait, un théologien. Après tout, on peut en prendre quand ça vient du curé, mais il faut savoir ce qu'on avale au juste. Elle lui avait demandé comment cela s'écrivait.

— Voyons donc, si je savais comment ça s'écrit, je saurais ce que ça veut dire !

— Mais non, pour trouver un mot dans le dictionnaire, il faut en connaître l'orthographe.

Elle aurait pourtant dû le savoir, comment ça s'écrit. Qu'est-ce qu'elle fabriquait pendant toutes ses années d'école ? Lui avait eu le temps d'oublier, il y avait longtemps qu'il était passé par là. D'ailleurs, il n'y était allé que le temps d'apprendre à compter, à lire, à écrire et à réciter le catéchisme. Mais paraît-il qu'on n'apprend plus l'orthographe à l'école.

— L'important, c'est d'apprendre à s'exprimer, avait déclaré sa nièce avec autant d'assurance que le ministre de l'Agriculture en tournée électorale.

Sauf qu'elle devait savoir de quoi elle parlait, puisqu'elle avait ses diplômes pour enseigner, alors que le ministre de l'Agriculture, lui, aurait été bien en peine de savoir quoi faire d'un tas de fumier. À part monter dessus pour faire un discours, bien entendu.

— L'orthographe, ça serait au moins utile pour chercher dans les dictionnaires, avait-il bougonné.

— Théologien, ça prend un «h», lui avait-elle rapporté en redescendant de sa chambre un peu plus tard.

— Où? lui avait-il demandé. Que ce soit avant ou après le «t», ça ne m'empêchera pas de dormir. Ce que je veux savoir, c'est de quoi ça a l'air, un théologien, et ce que ça mange.

— Un théologien, c'est un spécialiste de la théologie, lui avait-elle débité avec un petit sourire narquois.

«Moqueuse comme ma grand-mère, celle-là, s'était-il dit, elle va vous tenir un homme à sa place.»

— Comme un musicien, c'est un spécialiste de la musicie. Et puis Lucien, c'est un spécialiste de la Lucie, avait-il rétorqué en haussant les épaules. Et un chien, c'est un spécialiste de quoi? Tes dictionnaires, ça avance en écrevisse.

Elle avait éclaté de rire. La jeunesse est magnanime quand elle est sûre d'avoir le dernier mot, et plus encore quand on est belle fille et qu'on n'en fait pas une maladie.

— La théologie, c'est l'étude des questions de religion. Comme toutes les religions se rapportent à Dieu, on peut dire que la théologie est l'étude de Dieu.

— Alors un théologien, c'est gras, ça chante faux et ça mange bien. C'est un curé.

— Mais non, il y a des gens qui étudient Dieu et qui ne sont pas des curés.

— Pas à Saint-Issaire. Des gens qui étudient Dieu, à part le curé, j'en connais pas. Et même lui, j'en suis pas sûr.

Pas de danger qu'on l'appelle « Théologien », ce ne sont pas ses voisins qui iraient fouiller le dictionnaire pour ce mot-là. Mais « Protestant », tout le monde sait ce que c'est. Pourtant, en fin de compte, c'est du pareil au même : un curé, c'est un théologien ; un protestant, c'est un théologien qui n'est pas un curé.

Il y avait ainsi une foule de mots dont le sens lui paraissait subitement incertain. Pas seulement ceux qui surgissaient à l'improviste, d'autres aussi qu'il utilisait depuis toujours, mais dont il n'était plus sûr tout à coup. Était-ce parce qu'il s'était mis à se poser des questions ou parce que les choses avaient changé ?

Il avait toujours cru qu'un dictionnaire ne servait qu'à trouver des mots d'une autre langue. À Saint-Issaire, on n'en avait jamais eu besoin, tout le monde parlait français. En ville, il s'était toujours débrouillé avec son anglais du fond de la boîte à bois. Quand c'était trop compliqué, il trouvait quelqu'un qui parlait anglais mieux que lui, ce qui n'était pas bien difficile. D'ailleurs, les dictionnaires étaient des livres énormes : il ne se voyait pas en trimbaler un et demander à un commis en uniforme d'attendre pendant qu'il fouillait dans son dictionnaire. Et puis c'est chaque fois toute une grappe de mots qu'il lui aurait fallu trouver. Et comment faire s'il fallait connaître l'orthographe des mots pour les trouver ? À présent, il se disait que ce n'étaient pas les mots d'une autre langue qu'il avait besoin de trouver, mais le sens de ses propres mots.

— Quand tu iras en ville, tu m'achèteras un dictionnaire, avait-il dit à sa nièce. Rien de pressé. Ta tante n'a pas voulu que j'achète la Bible du colporteur, l'autre jour : elle disait que c'était une Bible protestante. Moi, je n'ai pas voulu de l'encyclopédie de celui qui est venu l'année passée parce que c'était une affaire à contrat. Alors le dictionnaire, ce sera un bon compromis : ce n'est ni catholique ni protestant et ça s'achète d'un coup.

Même s'il avait failli tomber à la renverse quand sa nièce lui avait présenté la facture, il ne regrettait pas son achat. Son dictionnaire à couverture bleu, blanc, rouge trônait sur le rebord de la fenêtre. Chaque soir, il l'ouvrait sur ses genoux et le feuilletait.

Au début, sa femme lui avait demandé ce qu'il cherchait, mais elle avait l'habitude de ses lubies, et ne s'en plaignait pas : les femmes y gagnent toujours quand les hommes s'intéressent à autre chose que leur grandeur. Elle pouvait maintenant regarder la télévision sans avoir à subir ses commentaires sur tout ce qui ne tenait pas debout dans cette boîte à sottises.

Il lui arrivait souvent de lire dans son dictionnaire sans rien chercher, pour le seul plaisir de rencontrer des mots qu'il n'avait jamais entendus ou de trouver des sens qu'il ne connaissait pas à des mots qu'il pensait connaître, comme s'il avait appris une foule de choses nouvelles au sujet de ses voisins. Mais c'était aussi comme s'il découvrait une part de lui-même. Parfois, après avoir lu un mot et sa définition, il éprouvait la même satisfaction qu'en voyant ses champs briller sous la rosée, le matin : « Je le connaissais, celui-là, et son sens aussi ; sauf que, maintenant, c'est comme un champ que j'aurais labouré et ensemencé. Auparavant, quand je parlais, je lançais le grain n'importe où, en me disant que ce qui ne pousserait pas, les poules finiraient par le picorer. » Le sobriquet lui était resté. Il n'en était pas mécontent. « Protestant » lui convenait sûrement mieux que « Ti-thur », par exemple. Puis, quand le pape avait annoncé qu'on pouvait maintenant manger de la viande le vendredi, Arthur s'était demandé si, en le traitant de protestant, le curé n'avait pas voulu lui laisser entendre qu'il avait raison. Sans le dire, évidemment. Un curé ne peut pas trahir son personnage : il lui faut trouver une façon de se dédire sans se donner tort.

Le fin fond de l'affaire, c'est que cette histoire d'abstinence l'avait agacé. Quand il s'était rendu compte, après tous les préambules d'usage, que le curé abordait le sujet dans son sermon, Arthur avait dressé les oreilles par en dedans. Pour une fois que le sermon tombait bien. Mais il avait été déçu de n'entendre aucune des explications auxquelles il s'attendait : le curé s'était contenté de prendre sa grosse voix du dimanche et de répéter la même ritournelle que lorsqu'il voulait effrayer ceux qui ne font pas carême ou ne paient pas leur dîme, ou celles qui empêchent la famille. Arthur aurait pourtant voulu savoir pourquoi c'était péché de manger de la viande le vendredi. D'abord pourquoi le vendredi ? Si c'était le lundi, les bonnes âmes qui veulent voir partout des punitions du Bon Dieu proclameraient qu'il faut expier les fautes commises le dimanche pendant qu'elles sont encore toutes fraîches en mémoire. Ce qui ne serait pas bête, puisque, rendu au vendredi, on songe bien plus au dimanche qui vient qu'à celui qui est passé. De toute façon, après les gros repas du dimanche, même un habitant pourrait se passer de viande le lundi. Pourquoi pas le samedi alors, comme les juifs ? Ou pourquoi pas une semaine par année sans viande ? Tiens, ce serait comme les Fêtes, on préparerait de la nourriture à l'avance, rien que du poisson et des desserts.

Mais pourquoi interdire la viande ? Y a-t-il une si grosse différence entre le poisson et le bœuf ? Certains ne mangent pas de porc ; d'autres ne tuent pas les vaches. Les juifs, eux, ne doivent prendre que de la nourriture préparée d'une certaine façon. Tiens, voilà une idée qui a au moins autant de bon sens que de ne pas manger de viande le vendredi, s'était-il dit. Comment se fait-il que chaque religion défende des choses différentes ? Et puis qu'est-ce que ce serait, une religion qui n'interdirait rien ? Est-ce que ce serait encore une religion ?

Ce n'est pourtant pas lui qui allait se mêler de changer la religion, encore moins de changer de religion. Surtout qu'il n'avait pas à se plaindre du curé, ni des commandements qui ne le dérangeaient pas tellement et dont la plupart lui paraissaient pleins de bon sens. En fait, il aimait mieux le poisson que le poulet ; un repas de perchaude rôtie dans le beurre lui faisait bien plus plaisir qu'un repas de dinde. Mais ses questions n'avaient rien à voir avec ses goûts. Le besoin de comprendre lui était venu avec l'âge, comme les chaleurs à une femme sur son retour d'âge.

Quand le pape avait annoncé que dorénavant on n'aurait plus besoin de faire maigre, le curé avait paru bien embêté. Il avait dû se lancer dans un sermon aussi emberlificoté que si ç'avait été du latin. Ce n'est pas tous les jours qu'un curé annonce à ses paroissiens que ce qui était péché hier ne l'est plus aujourd'hui.

À bien y réfléchir, Arthur s'était dit que le curé Grolier pesait trop lourd dans le diocèse pour qu'on ne l'ait pas mis au courant : il devait savoir ce qui s'en venait, mais n'avait pas pu en parler. Une espèce de secret ministériel. C'est probablement pour cette raison que le curé avait parfois l'air de s'exprimer en paraboles auxquelles il n'y avait rien à comprendre : c'était sa façon de faire savoir qu'il était au courant de choses dont il ne pouvait pas parler. Arthur lui en avait touché un mot, histoire de réparer les clôtures, en lui faisant savoir qu'il respectait un homme qui tenait parole. Pourtant, le curé n'avait pas semblé priser ses remarques.

— Arthur Lamirande, c'est bien assez que tu raisonnes comme un protestant, n'essaie pas de te donner des airs d'athée à présent. Tu sais ce qui arrive à ceux qui manquent de respect envers notre sainte Église.

— Sauf votre respect, Monsieur le curé, c'est pas une question de respect, c'est une question de prévoir quels péchés vont disparaître le mois prochain. Si c'est péché au moment où on le fait mais que ça ne l'est plus quand on se confesse, est-ce que c'est péché quand même? Au fait, est-ce qu'on peut recevoir l'absolution pour quelque chose qui n'est pas péché? Ça pourrait être utile à savoir. Et puis je me demande si le pape a changé d'idée parce qu'il se posait les mêmes questions que moi.

— D'abord, le pape n'a pas changé d'idée. Tu devrais te rappeler qu'il est infaillible. Et il n'a pas à te donner des raisons, ni moi non plus.

Voilà qui avait mis fin à la discussion, car le curé avait le visage cramoisi comme au sortir de table après un repas du Jour de l'an. Ce qui n'avait pas empêché Arthur de se dire que, tout « Protestant » qu'il était, il n'avait pas tort, et qu'être protestant, c'était peut-être une façon d'avoir raison.

À quelque temps de là, le pape lui avait encore donné raison. Ou l'Église ou le curé, allez donc savoir, puisque le pape ne se trompe pas. Le fait est que le curé avait annoncé en chaire que, dorénavant, il y aurait une messe le samedi soir.

« Bon, s'était-il dit, il y en a qui en manquent ; ils pourront faire leurs dévotions au lieu d'aller se balader en ville. Pourquoi pas? On a bien la messe de minuit à Noël. Un peu plus tôt, un peu plus tard, qu'est-ce que ça change? »

Mais le curé avait ajouté qu'on pouvait, bien entendu, assister à la messe du samedi et à l'une des messes du dimanche, mais qu'en assistant à la messe du samedi on satisfaisait à l'obligation de la messe dominicale.

« Est-ce que le pape serait devenu protestant, lui aussi ? »

Sur sa lancée, Arthur s'était posé les mêmes questions que pour l'abstinence le vendredi. Pourquoi la messe le dimanche ? Pourquoi pas le samedi comme les juifs ? Ou le lundi ? Le catéchisme disait bien qu'après avoir créé le monde Dieu s'était reposé le septième jour. Mais d'abord il lui paraissait étonnant que Dieu ait eu besoin de se reposer. D'après ce qu'on racontait, il n'avait pas dû travailler bien fort pendant les six premiers jours. Un mot par-ci, un mot par-là, ce n'est pas comme s'il avait dû épandre du fumier, labourer, herser, semer puis épandre encore de l'engrais puis de l'insecticide. Au fait, si le Bon Dieu s'était donné la peine de préparer le terrain un peu plus, peut-être les récoltes auraient-elles été meilleures. Ce n'était pas à lui d'en remontrer au Bon Dieu, mais on n'avait quand même pas eu tort d'en choisir un autre comme patron des agriculteurs. Que le Bon Dieu ait senti le besoin de se reposer après si peu ne lui paraissait tout simplement pas vraisemblable. Pourquoi pas un congé de maladie pour le Bon Dieu, comme pour les fonctionnaires ?

Si le curé l'entendait, de quoi le traiterait-il ? N'empêche que, même si le Bon Dieu s'était reposé le septième jour, cela ne tombait pas nécessairement le dimanche. Tout dépendait où l'on commençait à compter. D'ailleurs, il ne savait jamais si la semaine commençait le dimanche ou le lundi. « Après tout, il y en a pour qui la semaine se termine le vendredi. »

S'il posait des questions, ce n'était pas nécessairement parce qu'il s'opposait à ce que les choses changent. Au contraire, il s'accommodait fort bien de la plupart des changements. Même si certains avaient des effets imprévus. Comme l'obligation du jeûne avant de communier. Auparavant, si on n'allait pas communier, c'était qu'on avait mangé. Maintenant, on n'avait plus d'excuse : si on ne communiait pas, toute la paroisse savait qu'on avait une coche sur la conscience. Alors tout le monde s'était mis à communier chaque dimanche. Même Éphrem qui s'était rendu directement à l'église le dimanche matin après avoir passé la nuit avec la femme d'Albert quand celui-ci était monté dans le nord pour en rapporter un voyage de bois. Le jour où la femme d'Alphonse était restée dans son banc pendant la communion, tout le monde avait compris qu'il s'était passé des choses pas catholiques la veille, surtout que son mari était à Toronto au congrès des coopératives.

Pas étonnant qu'on n'ait plus besoin de se confesser. Quelles qu'en soient les raisons, Arthur n'allait pas s'en plaindre, pas plus que de la messe en français : il avait toujours pensé qu'il y avait certaines choses que le curé n'avait pas besoin de savoir. « Le Protestant » n'était pourtant pas au bout de son rouleau, alors que le pape semblait l'être : Arthur avait encore bien d'autres questions auxquelles le pape ne pensait pas ou faisait semblant de ne pas penser pour n'avoir pas à changer d'idée.

Il y avait cependant une question qui le préoccupait plus que les autres, mais dont il hésitait à parler, parce qu'il avait le sentiment de toucher à quelque chose de plus sérieux. C'était de savoir d'où venait l'Évangile. En fait, toutes les autres questions dépendaient peut-être de celle-ci. Comment des livres aussi vieux, qui remontaient à bien avant l'imprimerie, avaient-ils pu se conserver jusqu'à présent ? Dans quelle langue les avait-on écrits ? Avaient-ils été traduits ? Avait-on vérifié s'ils disaient encore la même chose en français ? Même si les évangiles avaient été écrits en français, on n'y aurait pas compris grand-chose : Arthur savait à quoi s'en tenir, il avait tenté un jour de lire les récits de Jacques Cartier, qui sont bien moins vieux que l'Évangile. Pourtant, quand le curé lisait l'évangile du dimanche, à part quelques mots qui se rapportaient à des choses des vieux pays, c'était dans un français que tout le monde pouvait comprendre, même ceux qui n'avaient jamais chaussé de patins.

Le curé avait beau dire et ses voisins l'appeler « Le Protestant », Arthur persistait à croire que ses questions n'étaient pas bêtes. S'il les posait, ce n'était pas pour faire la mauvaise tête ou pour embêter le curé, ou du moins pas seulement pour cette raison. C'était parce qu'il fallait; par besoin de faire son propre bout de chemin.

« Ce ne serait quand même pas une mauvaise chose s'il y avait un dictionnaire pour la religion », s'était-il dit. À bien y penser, toutefois, mieux valait laisser le dictionnaire en dehors de ces questions. Tôt ou tard, on se retrouverait avec des dictionnaires protestants, des dictionnaires juifs, des dictionnaires musulmans et on ne sait plus quoi encore, comme pour la Bible : des histoires qui ne seraient pas catholiques et qu'on n'aurait pas le droit de lire.

« Jusqu'à nouvel ordre, se disait-il, les mots appartiennent à tout le monde. Si on nous les enlève, que restera-t-il de ce qui nous fait différents des autres ? »

Ce ne sont pourtant pas ses questions qui l'avaient conduit dans ce que le curé appelait la voie de la perdition, mais plutôt une discordance d'heure, la sienne et celle du curé, comme entre deux provinces qui s'ignorent, chacune se croyant à l'heure normale mais leurs horloges ne s'accordant jamais. Comme quoi la religion ne remplace pas le quant-à-soi, qui, lui, se mesure à son nez ; c'est pour l'avoir ignoré que l'Empire romain s'est écroulé et que les autres en feront autant.

Quand le curé annonça qu'il y aurait dorénavant une messe le samedi soir, Arthur n'en fit pas de cas. On pouvait bien ajouter une messe le samedi soir et décider que ça comptait pour le dimanche, pourvu qu'on ne touche pas à celle du dimanche matin. Il respectait assez la religion pour mettre son complet et sa cravate quand il allait à la messe, mais il n'avait pas le goût de se changer le samedi soir, après une grosse journée de travail. « C'est pas pour rien que ça s'appelle un habit du dimanche. »

Les sorties du samedi soir, c'était pour la jeunesse et pour ceux qui s'ennuient toute la journée à attendre la soirée pour s'ennuyer ailleurs. Et puis, les gens qu'il voulait rencontrer, ceux de son âge, continuaient d'aller à la messe du dimanche, sauf quelques-uns qui avaient changé pour le samedi soir, mais c'étaient de ceux qui ne savent pas ce qui leur mijote entre les deux oreilles si le curé ne le leur a pas dit.

Le dimanche, avant la messe, Arthur continuait de retrouver quatre ou cinq de ses voisins sur le perron de l'église, pour échanger des nouvelles, pour parler de la température, qui n'est jamais comme il faut au bon moment, et de la politique, qui est organisée pour les riches de la ville, en se plaignant un peu du Bon Dieu qui distribue la pluie et le beau temps sans penser aux cultivateurs, et en sacrant contre les politiciens, pas trop quand même, puisqu'on devait aller communier ensuite.

Puis, un dimanche qu'il ne s'était pas attardé sur le perron plus que de coutume, Arthur entra à l'église en plein pendant le sermon. Sa femme lui jeta un mauvais coup d'œil. Il n'était pourtant que dix heures et cinq. « Le curé doit avoir une grosse sortie aujourd'hui », conclut-il.

Le dimanche suivant, il entra encore à l'église à dix heures et cinq, comme d'habitude, mais cette fois le curé achevait son sermon. Sa femme lui jeta un regard encore plus sévère, comme si elle était candidate à la présidence des Dames de Sainte-Anne. Si bien qu'après quelques dimanches, il dut couper court aux conversations sur le perron. Mais même en entrant à dix heures, il était en retard.

Un dimanche, le curé commençait sa messe à dix heures moins quart ; le dimanche suivant, à moins cinq, et un autre à dix heures et cinq. Il n'y avait plus moyen de savoir à quoi s'en tenir ; sa femme exigeait qu'ils soient à l'église à neuf heures et demie, pour être sûrs de ne pas arriver pendant le sermon. Pourtant, d'après ce que ses voisins lui avaient rapporté, cela ne se produisait jamais à la messe du samedi soir, qui commençait ponctuellement à huit heures. C'était comme si le curé imposait une dizaine de chapelet et un chemin de croix en pénitence à tout le monde pour avoir assisté à la messe du dimanche. Il n'en avait jamais exigé autant de ceux qui ne faisaient pas leurs pâques.

Le dimanche où le curé fit tout un sermon contre ceux qui manquaient de respect envers le Bon Dieu en arrivant en retard à la messe, Arthur se dit qu'il y avait des limites. Si le curé ne manquait pas de respect envers le Bon Dieu en commençant sa messe n'importe quand, lui non plus n'en manquerait pas en y allant quand il voulait. Et il ne remit plus les pieds à l'église. Ni le dimanche matin ni le samedi soir. Sauf pour les funérailles, par respect pour les défunts.

Le curé n'avait pas manqué de l'apostropher à ce sujet, comme il s'y attendait bien. Ce fut justement après le repas des funérailles du père Lemay :

— On ne te voit pas souvent à la messe, mon Protestant. As-tu décidé que la messe dominicale avait lieu le mercredi ou bien as-tu commencé à aller chez les baptistes ?

— Mais non, Monsieur le curé, j'y vais chaque semaine, mais nos heures n'adonnent pas. Quand j'y vais, vous n'y êtes pas ; quand vous y allez, je n'y suis pas.

Le curé n'avait pas eu l'air de la trouver drôle, même si quelques-uns de ses comparses avaient eu bien du mal à se retenir de rire. Au point qu'il avait demandé à Albert Lanthier, qui se donnait encore des allures de jeune marié, s'il avait des coliques d'avoir mangé trop de sandwiches aux œufs.

Deux années durant, Arthur tint tête. Il refusa même une invitation à un mariage pour éviter d'avoir à assister à la messe. Mais il continua de payer sa dîme, parce que la paroisse, c'est plus important que le curé. À Pâques, il demanda à sa femme de prendre son enveloppe à l'arrière de l'église et il l'envoya par la poste.

Il se passait bien des sermons du curé, mais les nouvelles échangées sur le perron de l'église lui faisaient défaut, et les discussions où l'on savait à l'avance ce que chacun allait dire. Ce qu'on lui débitait chaque soir à la télé, pour remplir le quota de désastres, de meurtres et d'insignifiances, et qu'on appelait des nouvelles, lui paraissait aussi étranger que les téléromans que sa femme écoutait religieusement. Rien de tout cela ne le concernait ; comme d'apprendre qu'Ernest Lalonde songeait à vendre sa terre à des Allemands ou qu'Alcide Beaugrand avait acheté à gros prix trois vaches du Charolais parce qu'il cherchait à augmenter son quota de lait. Son monde s'effilochait. Le fait de se retrouver à l'église une fois par semaine lui manquait, comme par besoin de vérifier que les autres étaient là et qu'il y était aussi. Comme s'il n'était plus tout à fait présent à lui-même. Il avait beau rencontrer l'un ou l'autre à la Coopérative ou à la Caisse populaire, ce n'était pas du tout la même chose. Jamais il n'avait imaginé que ses voisins, qu'il ne considérait même pas comme ses amis, lui importaient à ce point.

Par surcroît, sa femme, qui semblait avoir compris ce qui se passait, se gardait bien de lui raconter la moindre nouvelle. Quand elle revenait de la messe, elle s'affairait à préparer le repas, peut-être avec un peu plus de remue-ménage que d'habitude, mais sans prononcer une seule parole. Une fois à table, elle parlait de la température et des menus soucis de la ferme. D'ailleurs, même avec la meilleure volonté du monde, ce qui n'était sûrement pas le cas, elle n'aurait pas pu lui communiquer le ton, les regards, les gestes, qui étaient l'essentiel des conversations.

À deux occasions, ces derniers temps, quelqu'un de la paroisse était mort et il ne l'avait su qu'un mois plus tard. Puis un jour, à la Coopérative, pendant qu'il attendait qu'on lui apporte des sacs de vitamines pour ses vaches, le fils de Joseph Lanthier, un bonhomme avec qui il avait souvent fait les récoltes, lui dit :

« On commence à s'habituer à ce que le père soit pas là. »

Comme un hurluberlu qui sort du fond des bois, il avait demandé quand ils allaient le ramener de la Floride, le vieux renard. L'autre l'avait regardé d'un air ahuri, puis, lèvres pincées et dents serrées, lui avait dit : « Y' était pas en Floride, y' est mort dans son lit. »

Le dimanche suivant, Arthur se prépara sans dire un mot, puis il se rendit à l'église avec sa femme. Il y entra à neuf heures et demie, après avoir salué quelques connaissances sur le perron. Sa femme ne fit pas le moindre commentaire sur son retour. Lui non plus d'ailleurs, mais il sentit comme un poids qui lui était enlevé de l'estomac.

À quelques reprises même il assista à la messe du samedi soir où il y avait beaucoup de monde, mais il préférait celle du dimanche matin : c'était celle qui comptait. Peu à peu, il renoua avec ses habitudes. Tôt arrivé, comme tout le monde, parce qu'on ne savait jamais quand le curé commencerait sa messe, il passait quelque temps à jaser sur le perron, puis il allait retrouver sa femme dans son banc.

Parfois, cependant, il s'attardait sur le perron en tendant l'oreille du côté de la porte entrouverte. Quand il était sûr que le sermon était commencé, il remontait la grande allée jusqu'à son banc et, avant de s'asseoir, hochait la tête en direction du curé, qui faisait semblant de ne pas le voir. Sa femme continuait de regarder droit devant elle ; elle ne l'accueillait que d'un léger haussement d'épaules, qui pouvait être un reproche ou un rire réprimé.

La nouvelle s'était répandue dans la paroisse, même si, la crainte des reparties ironiques inspirant un tact inhabituel, personne ne lui en avait fait la remarque. « Le Protestant a recommencé à faire sa religion », disait-on avec un sourire entendu. Mais lui savait qu'il n'avait jamais cessé de la faire.

LE MANCHOT ET LA RICHETTE

For never was a story of more woe
Than this of Juliet and her Romeo.

WILLIAM SHAKESPEARE

Jack Jack Jack Jack Jack
Disaient les canards les perdrix
Et les sarcelles
Monoloy disait le vent

GILLES VIGNEAULT

SON BRAS DROIT s'arrêtait juste sous le coude. Comme si la main tout entière s'était ramassée dans le seul pouce, qui à son tour s'était contracté en remontant l'avant-bras par l'intérieur.

Il n'avait jamais cherché à dissimuler son moignon. Enfant, déjà, il retroussait ses deux manches, plus habile de son bras atrophié que d'autres de leurs deux mains. Certains, qui avaient eu maille à partir avec lui, disaient que ce bras avait la force de deux hommes ; quelques-unes — parlaient-elles d'expérience ou d'imagination ? — laissaient entendre, dans le secret de conversations chuchotées, que de ce moignon émanait plus de douceur que de deux mains d'homme.

Selon les uns, il était né d'une gitane de passage, qui avait accouché dans le haut de la grange chez Ernest Éthier, dans le Douzième Rang, aux confins de la paroisse, presque en pays de colonisation. C'est là qu'elle avait abandonné cet enfant auquel manquait une main et qui jamais ne pourrait gagner sa vie, ni comme acrobate ni comme voleur à la tire. C'est là que l'avaient trouvé Ernest Éthier et sa femme.

D'autres, sceptiques, soutenaient que jamais gitane n'avait mis les pieds à Saint-Issaire. Et encore moins pour accoucher dans la grange d'Ernest Éthier. La vérité, selon eux, était moins romanesque. La fille d'un riche industriel d'Ottawa, ayant mis au monde cet enfant au teint bistre, et manchot par surcroît, l'avait confié à Ernest Éthier et sa femme en leur faisant jurer de ne révéler son identité à personne.

Le couple était sans enfants. Leurs voisins n'avaient prêté ni attention ni foi aux vagues explications que leur avaient fournies Ernest et sa femme. Personne n'avait remarqué si elle était grosse. On ne s'était posé de questions que lorsque l'enfant s'était mis à fréquenter l'école du village, les autres enfants ayant rapporté chez eux qu'il y avait en classe un petit gars avec seulement un bras. On avait alors remarqué qu'il ne ressemblait ni à Ernest ni à sa femme et on s'était vaguement rappelé les explications données aux voisins du Douzième Rang.

C'est d'ailleurs par eux que les explications étaient parvenues au village, Ernest et sa femme n'y venant que rarement ; ils allaient à la messe à l'église de Saint-Ephrem, plus proche de chez eux que celle de Saint-Issaire ; ni l'un ni l'autre n'étaient parleux de nature.

Un jour, on apprit qu'Ernest Éthier et sa femme étaient morts dans un accident de voiture aux États ; on se demandait bien ce qu'ils étaient allés faire là. Plus tard encore, on vit reparaître au village le manchot, qu'on avait cru mort avec eux ; il avait un accent ramassé on ne savait où.

De ses deux mères présumées, il tenait un héritage certain. Selon les uns, c'était de la gitane que lui venait son teint bistre ; selon les autres, c'était plutôt de son père, l'amant de la riche héritière. De l'une ou de l'autre, il pouvait avoir hérité son caractère ombrageux ; son infirmité témoignait de l'immoralité de l'une et de l'autre.

Il était peintre de son métier, exerçant tantôt dans la paroisse, tantôt en ville. Il était habile, mais ne travaillait pas pour n'importe qui ni à n'importe quoi ; il n'acceptait ni les horaires ni les calendriers, arrivant à l'improviste et repartant sans prévenir. Il peignait les portes de granges mais non les hangars ni les entrepôts, les maisons mais non les magasins. Quelques refus cinglants lui avaient valu des haines inassouvies.

Les gros propriétaires lui offraient des contrats pour l'extérieur, mais hésitaient à l'embaucher pour les travaux d'intérieur, insinuant que c'était installer le loup dans la maison. Bravant les reproches de leur mari, des épouses de réputation impeccable recouraient pourtant à ses services, car il n'avait pas son pareil, disaient-elles, pour agencer les couleurs et les accorder au tempérament de la maîtresse de maison. Et à ses aspirations les plus intimes, ajoutaient quelques-unes. Ce qui avait l'heur de déplaire encore davantage aux maris, qui, sans le savoir mais le sentant bien, devenaient étrangers dans leur maison.

Des veuves avaient pris l'habitude de faire peindre une pièce à la fois. Les mauvaises langues susurraient qu'elles auraient bien voulu avoir des maisons encore plus grandes. Chose certaine, leurs intérieurs luisaient comme jamais du vivant de leur mari. Dès que l'odeur de la peinture fraîche s'était apaisée, elles avaient une nouvelle pièce à faire peindre.

On disait que dans certaines maisons cossues les couleurs passaient vite de mode. Au grand mécontentement des maris qui maugréaient contre ces odeurs de peinture et partaient en voyage d'affaires pour y échapper. Les femmes ne s'en plaignaient guère, échangeant entre elles recettes et assemblages de couleurs. Certaines étaient devenues insatiables de décoration intérieure, rêvant de teintes pâles si la maison était de teintes foncées, et de teintes foncées si la maison était de teintes pâles.

Les racontars alimentaient ainsi la rumeur, qui à son tour nourrissait la légende.

Elle était fille unique. Sa mère, d'une famille bien connue d'Ottawa, avait fréquenté le couvent des Ursulines de Québec et aimait la musique classique. Son père, Jean-Pierre Richer, passait pour l'homme d'affaires le plus redoutable de Saint-Issaire. Il spéculait sur les céréales et les fourrages ; il prêtait aux cultivateurs et aux hommes d'affaires qui voyaient grand, puis il rachetait à bas prix les fermes et les entreprises en difficulté pour les ranimer et les revendre à prix fort ; il investissait dans tout ce qui périclitait, car il savait tout redresser pour en tirer profit. S'il n'était pas l'homme le plus riche de Saint-Issaire, il était celui dont la fortune remontait le plus loin. Son grand-père avait quitté la terre pour s'enrichir dans le commerce avec les Américains, vers la fin du siècle précédent. À l'époque de la Prohibition, son père avait élargi le commerce avec les Américains : les granges abritaient bien les alambics, et les cultivateurs de Saint-Issaire n'étaient pas bavards quand le silence était payant ; la frontière était proche et les voies du commerce étaient bien établies. Dans les temps modernes, une fille saurait remplacer un garçon pour maintenir la tradition familiale et sauvegarder l'honneur.

Elle avait les traits fins et la beauté délicate de sa mère, qui la voyait mariée, un jour, à un médecin ; elle était l'orgueil de son père, qui la voyait mariée, un jour, au fils d'un grand industriel. Ses parents avaient été inquiets, fiers et désemparés durant les trois années qu'elle avait passées en Suisse, dans un pensionnat pour jeunes filles de grandes familles. Elle était partie adolescente, elle était revenue jeune femme élégante et belle, mais au regard parfois tourné vers l'intérieur comme si elle y cherchait d'autres paysages. Sa mère en était parfois intimidée ; son père redressait les épaules pour lui donner le bras quand il remontait la grande allée avec elle, le dimanche matin.

Elle était belle et riche, de manières et de goûts raffinés ; il était beau, ténébreux et taré. Elle était blonde, il était basané ; elle était Capulet, il n'était de nulle part.

Quels prétextes le hasard dut-il inventer pour que se croisent leurs vies ? Qu'est-ce qui les attira l'un vers l'autre, le manchot et la richette ? Comment leurs regards avaient-ils pu se rencontrer ? Comment ses mains avaient-elles pu toucher la sienne et son moignon effleurer sa joue ? Comment ont-ils pu s'aimer, la richette et le manchot ? Monoloy et la Mariouche le sauraient-ils mieux qu'Abélard et Héloïse ou que les amants de Vérone ? Aussi bien demander au vent pourquoi il souffle sur la plaine. C'est le destin qui, à travers les âges et par-delà les océans, aveugle aux circonstances et aux convenances, réunit les amants, les plus obscurs comme les plus célèbres, ceux d'ici et ceux d'ailleurs.

Quand la rumeur parvint à la mère qu'on avait vu sa fille avec le manchot, elle se dit que, décidément, les mauvaises langues ne savaient plus quoi inventer pour donner libre cours à l'envie. Elle en parla à sa fille, pour lui conseiller la prudence; elle apprit qu'il était trop tard pour parler de prudence, mais n'osa mettre son mari au courant. Quand Jean-Pierre Richer les vit, un jour, se promener main dans la main, elle du côté gauche, lui du côté droit, il fit l'une de ses colères que d'habitude il réservait aux emprunteurs qui déclaraient faillite. Il cria, sa femme versa des larmes, leur fille baissa la tête. On évoqua tout ce qu'on avait fait pour elle et tout ce que l'avenir lui apporterait. On exigea d'elle promesse de ne plus revoir ce débauché; on se contenta d'un silence que l'on prit pour un assentiment. Pour s'assurer qu'elle tiendrait cette parole qu'elle n'avait pas prononcée, le père menaça de lui retirer les clés de la Mercedes sport qu'il lui avait offerte, quelques mois plus tôt, pour ses vingt ans.

On les trouva dans la fourgonnette du manchot, fraîchement peinte en blanc à l'intérieur comme à l'extérieur. Ils étaient entourés de fleurs blanches, qu'elle avait commandées à la fleuriste en disant que c'était pour un grand mariage. Ils étaient nus, enlacés dans une étreinte que l'on ne put dénouer. Était-ce l'amour qui, un moment encore, éternel pour les amants, triomphait de la volonté des hommes? Était-ce le froid qui avait figé leur étreinte dans la sienne? Il fallut les transporter ensemble à la morgue.

C'était le premier janvier de l'an de grâce mil neuf cent soixante-neuf. La nuit précédente. Le thermomètre était descendu à moins trente. Le soleil brillait sur la fourgonnette blanche et sur la neige, c'était le jour le plus froid de l'année.

Le manchot fut enterré en ville, sous une croix anonyme. Personne ne s'était présenté pour réclamer l'enfant adopté. Parmi celles qui avaient admiré sa puissance et sa souplesse, il s'en trouva peut-être qui furent secrètement éplorées, mais elles avaient déjà fait leur deuil en voyant la richette le leur voler. Elles avaient pourtant toujours cru que c'était lui le voleur : elles laissaient argent et bijoux sur les meubles, dans l'espoir qu'il les emporterait. Il ne les avait jamais déçues.

Les funérailles de la richette eurent lieu à Saint-Issaire, dans l'église aussi remplie que pour la messe de minuit. Elle fut enterrée dans le cimetière paroissial, sous un monument de marbre blanc représentant un ange en pleurs.

Sa mère redevint diaphane comme elle l'avait été, jeune fille. Son père tripla sa fortune, mais on n'entendit plus jamais son rire, qui avait été féroce. Le village devint encore plus prospère, mais les intérieurs avaient quelque chose de terne, malgré toutes les couleurs qu'on y ajoutait.

Peu à peu, le silence se referma sur le souvenir des amants morts, enlacés et nus, dans une fourgonnette blanche, par une nuit de décembre à janvier.

MADAME D'ASTIS

« **M**ADAME D'ASTIS avoit été jolie en sa jeunesse et on en avoit un peu mesdit », raconte Tallemant des Réaux, qui pourtant ne l'a point connue. Ce n'est sans doute pas à tort qu'on l'accuse de sacrifier la vérité au plaisir de l'anecdote. Mais peut-être n'était-il qu'un conteur que l'on prit pour un chroniqueur : la confusion n'est pas rare. Il se trouve cependant que, une fois n'étant pas coutume, Tallemant dit vrai. Le conteur, en l'occurrence, est celui qui triche pour le plaisir de le citer, le nom de la dame s'étant modifié avec le temps et les circonstances. Mais peut-être n'était-ce pas la même.

Madame d'Astis — du moins celle qui se prévalait du nom trois ou quatre siècles et un océan plus tard : l'autre était peut-être une ancêtre — avait en effet été belle en sa jeunesse. Gabriela, de son petit nom, avant qu'elle ne s'appelât Madame d'Astis, avait la démarche féline et le physique statuesque d'une star de tennis. Sa mère lui avait légué ses traits latins pour seul héritage, mais elle avait su le faire fructifier : le teint légèrement basané, les yeux noirs comme flamme, la chevelure d'un noir encore plus flamboyant, les pommettes saillantes, le nez fin et frémissant, les lèvres légèrement alourdies par la sensualité. À l'ère de la télévision, elle eût été une déesse adulée de milliers de fidèles ; toutes proportions gardées, elle l'était autant sinon davantage, quoique d'un peu plus près.

Le temps vint où elle dut songer à remplacer par un mari les soupirants et les autres qui, disait-on, ne soupiraient plus que parce qu'elle leur avait permis d'enfreindre la verticale, position inconfortable quand il faut lever la tête pour regarder la belle dans les yeux : elle quitta Saint-Issaire où sa réputation avait été ternie. D'ailleurs, les candidats à la mesure de sa beauté, de sa taille et de ses vues y étaient rares.

Elle s'en fut chez l'une de ses tantes à Montréal, ville où la réputation compte pour peu : on a même avantage à l'avoir quelque peu ternie, car, sans tache, elle détonne. La sienne, d'ailleurs, était vierge et le demeurerait : la beauté y rend les réputations tout ensemble brillantes et transparentes.

Gabriela, qui ne s'appelait pas encore Madame d'Astis, n'était pas à Montréal pour s'amuser mais pour le devenir : elle ne s'y amusa que ce qu'il fallait pour assurer son avenir. Tous ses avantages, qui, à Saint-Issaire, lui avaient valu mauvaise réputation, y redevinrent des avantages. Les soupirants, de leur côté, ne pouvaient faire autrement que d'être à la hauteur : nombreux et prometteurs, ils redevinrent des soupirants et le demeurèrent jusqu'à ce qu'elle eût fixé son choix.

Elle jeta son dévolu sur un mari à sa main plutôt qu'à sa taille, mais lui laissa croire le contraire. Il en fut flatté et, sa vie durant, lui en témoigna de la reconnaissance.

Monsieur d'Astis avait des talents pour la bureaucratie : il fit carrière dans la fonction publique, sans bruit et sans excès de zèle. Son équanimité y fut fort appréciée ; sa discrétion aussi, qui lui permit de gravir les échelons sans avoir à y consacrer tout son temps ni toutes ses énergies. Heureusement, car la santé de Madame d'Astis était fragile. Il évitait les promotions à des postes qui auraient exigé des déménagements ou des déplacements : Madame d'Astis souffrait d'angoisses, elle ne pouvait tolérer ses absences.

Jeune fille, Gabriela avait été aventureuse ; elle n'avait dédaigné ni courir, ni chanter, ni rire, ni danser. Mais elle n'avait plus droit de cité : c'était maintenant Madame d'Astis qui détenait tous les droits, ayant refait l'autre à son image. Ses traits ne s'étaient pas altérés : le souvenir de sa beauté demeurait précis, mais, de statuesque, l'âge et le tempérament aidant, elle était devenue monumentale.

Monsieur d'Astis avait espéré recouvrer sa supériorité dans le lit conjugal. Les mâles sont ainsi : quand la femelle de l'espèce les dépasse, ils s'imaginent qu'il leur sera plus facile d'ajuster les regards à l'horizontale. C'était entretenir beaucoup d'illusions, lui fit comprendre Madame d'Astis, utiles tant que dure l'entreprise de dévolution, mais de peu de rendement une fois la succession assurée. À sa déconfiture, Monsieur d'Astis découvrit que ce qui valait pour la fonction publique valait aussi pour la fonction privée : de l'une à l'autre ses talents demeuraient les mêmes et suscitaient la même appréciation. Bridant l'hyperbole au profit de la litote, Madame d'Astis poussa le désintéressement jusqu'au désintérêt : le couple n'eut pas d'enfants.

Depuis qu'elle n'était plus Gabriela, Madame d'Astis avait érigé le tact en vertu cardinale. Elle voilait ses attraits et recouvrait ses atours, se contentant d'attendre l'hommage dû à ses qualités morales, blâmant quiconque ne savait les reconnaître avec assez d'emphase. Elle taisait ses mérites et évitait de discuter de la carrière de son mari : c'eût été se vanter de sa position sociale. D'ailleurs, la conversation, en déplaçant les pôles, serait devenue oiseuse. Quand des ennuyeux persistaient à parler de ces sujets que les bonnes manières exigent de taire autant que le prix des choses, elle évoquait ce que la carrière de Monsieur d'Astis lui avait coûté de sacrifices.

« Si j'eusse pu, me faisant servante, le faire empereur, je l'eusse fait », disait-elle en un langage aussi soigné que sa personne et dont elle avait hérité de son ancêtre. Si elle n'avait pu mettre à exécution cette noble intention, précisait-elle, c'est que les circonstances et sa santé l'en avaient empêchée. L'amour appelant toutefois la réciprocité, elle s'attendait à ce que Monsieur d'Astis, lui qui en avait les moyens, la santé et le loisir, en fasse autant pour elle.

Du jour où elle était devenue Madame d'Astis, il lui avait fallu tout mettre en œuvre pour sauvegarder son estime et sa dignité, qui bientôt ne firent plus qu'un avec sa personne. Pour son malheur, de ce jour, les mauvais présages s'accumulèrent à l'horizon, et l'horizon se rapprocha de jour en jour. Malgré sa carrure et sa voilure, Madame d'Astis se sentait menacée dans sa personne et dans sa dignité.

Monsieur d'Astis, sur qui Madame d'Astis comptait pour la protéger et la rassurer, était sans peur mais non sans reproches. Elle l'eût préféré sans reproches mais peureux, disait-elle. S'il était sans peur, c'est qu'il était inconscient : elle devait craindre pour deux.

Heureusement qu'elle veillait au grain. Madame d'Astis s'imposait la lecture des journaux, aussi bien les quotidiens de la ville que les hebdomadaires régionaux et les tabloïds sans origine, pour se tenir au courant des menaces qui surgissaient de partout. Les uns confirmaient les craintes qu'elle avait déjà éprouvées, les autres lui en inspiraient de nouvelles. Chaque année ajoutant ses méfaits et ses menaces aux menaces et aux méfaits des années précédentes, Madame d'Astis s'était sentie de plus en plus angoissée par tout ce que la ville comptait de malfaiteurs, de meurtriers et d'étrangers, sans compter les robineux, les chômeurs, les drogués et les immigrés.

Monsieur d'Astis prit une retraite anticipée. Ses talents discrets, son zèle bien tempéré et ses ambitions limitées l'avaient bien servi, en même temps que le public : sa pension leur assura une retraite confortable.

Monsieur et Madame d'Astis s'installèrent à Saint-Issaire, dans un coquet bungalow de brique rouge entouré de la pelouse, de la haie, des fleurs et des deux arbres qui sont de rigueur avec l'architecture. Ce bungalow avait l'insigne avantage d'être situé sur la rue principale, de biais avec l'église, et de commander aussi une vue sur les allées et venues au presbytère. Pour s'y mettre à l'abri des curiosités qui sont le menu quotidien des villages, Madame d'Astis habilla les fenêtres de stores, qu'elle décora de rideaux, auxquels elle ajouta des tentures.

La situation n'était pas de tout repos pour autant : s'il fallait empêcher les curieux de voir à l'intérieur, il fallait aussi surveiller les allées et venues à l'extérieur. La curiosité incitant aux pires méfaits et les malfaiteurs se faisant souvent passer pour de simples curieux — les journaux ne cessaient d'en fournir des exemples —, on dut fixer verrous aux portes et barreaux aux fenêtres.

Monsieur d'Astis opina modestement que la maison aurait l'air d'une prison ; Madame d'Astis, conciliante, fit installer les barreaux à l'intérieur et à l'horizontale. D'ailleurs, c'eût été de l'ostentation que de placer les barreaux à l'extérieur : en laissant croire que l'on a du bien à protéger, comme tous ces gens qui étalent leur richesse, on attirerait les regards et les intentions inavouables.

Sa santé ne permettait pas à Madame d'Astis d'assister à la messe : elle souffrait d'étouffements qui menaçaient de se transformer en évanouissements dès qu'elle se trouvait dans la foule. Elle jugeait toutefois qu'il était du devoir de tous ceux et celles à qui leur santé le leur permettait d'y assister. Aussi notait-elle assidûment, de son poste de vigie, qui, dans la paroisse, avait manqué à son devoir. Dès le début de l'après-midi, à peu près en même temps que le curé finissait de compter les recettes de la journée, elle avait passé en revue le défilé de la paroisse et établi le bilan des présences et des absences.

Comme Isabelle de Castille mandatant un navigateur italien devenu portugais, Madame d'Astis expédiait Monsieur d'Astis, devenu Saint-Issairois, en quête de terres incertaines. À l'encontre de ces souverains débauchés qui lançaient des explorateurs à la conquête du Nouveau Monde, ses intentions étaient pures de toutes visées mercantiles et même évangélisatrices : la mission de Monsieur d'Astis avait un caractère strictement ethnographique. Il devait surtout éviter de contaminer les peuplades chez lesquelles il se rendait. Aussi Madame d'Astis lui enjoignait-elle de ne rien dire, car ces gens-là manquent de tact à un point inimaginable ; ils posent les questions les plus indiscrètes, pour ensuite aller colporter leurs racontars un peu partout.

Monsieur d'Astis n'avait qu'à s'enquérir discrètement de ce qui se passait chez les Lalonde, puisque la Lalonde, qui se donnait de grands airs, n'avait pas accompagné son mari à la messe : c'était probablement une histoire malpropre qui allait aboutir à une séparation ou même à un divorce. Madame d'Astis l'avait toujours dit, on ne saurait faire confiance à ces gens qui se donnent de grands airs: c'est toujours pour cacher quelque chose de louche. Et pendant qu'il y était, Monsieur d'Astis devait aussi se renseigner pour savoir si les Dandurand et les Lanthier, qui se prétendaient de bons catholiques, étaient encore allés en ville en fin de semaine et s'ils y étaient allés ensemble ou chacun de son côté. Il importait d'apprendre sous quel prétexte ils s'étaient absentés: les mensonges en révèlent plus sur ces gens-là que les prétendues vérités. Hors la maladie, aucune absence n'était justifiée. Encore fallait-il que ce soit une maladie sérieuse: on ne saurait imaginer à quel point des gens tiraient prétexte du moindre malaise pour éviter d'accomplir leur devoir. Que serait-ce si, comme Madame d'Astis, ils devaient supporter des maux graves?

Ces gens-là passaient leur temps à se promener et à fréquenter des lieux mal famés, d'où ils rapportaient toutes sortes de maladies qui pouvaient être contagieuses. Ensuite ils venaient se plaindre de ce qu'il leur arrivait des malheurs. C'est pourtant connu, il n'y a pas d'accidents: seulement des imprudences et des négligences. Si ces gens-là demeuraient chez eux, il ne leur arriverait rien. D'ailleurs, ces sorties coûtent cher. Où ces gens-là prennent-ils leur argent? Madame d'Astis se le demandait bien, elle qui devait surveiller toutes les dépenses de la maison, malgré leur pension qui n'était pas maigre mais qui aurait dû être bien plus substantielle si l'on tenait compte de tout ce qu'il leur en avait coûté de travail et de sacrifices pour l'obtenir. Et puis ce sont ces gens-là qui se plaignaient le lundi matin, quand venait le moment de reprendre le travail.

Madame d'Astis, elle, ne se plaignait pas. Elle tenait cependant à ce que l'on sache exactement à quoi s'en tenir sur ses maux, pour que l'on ne s'imagine pas que la vie lui avait été facile ou que l'on aille en plaindre d'autres qui gémissaient tout le temps pour rien. Comme elle le disait souvent à Monsieur d'Astis, les courts n'ont pas à se plaindre, ils ont moins mal. Plus on est grand, plus on souffre. Tout le monde devrait comprendre cela. C'est comme lorsqu'on tombe : on se fait plus mal quand on est grand, parce qu'on tombe de plus haut.

Les maux dont elle souffrait, Madame d'Astis aurait pu les endurer, si l'on avait manifesté un peu plus de sympathie à son égard. Mais non ! Il y avait même une écervelée qui, tout en se prétendant de ses amies, avait eu l'audace de lui dire, un jour, qu'elle avait bien de la chance. Ah ! si elle ne s'était retenue à deux mains, elle lui aurait dit sa façon de penser, à celle-là ! Il y a tout de même des limites à ce qu'on peut endurer en silence. Madame d'Astis avait d'ailleurs mis un terme à ces visites et à ces fréquentations, les unes entre-tenant un passé louche, les autres colportant un présent envahisseur.

Sur les gens de la place, Madame d'Astis savait à quoi s'en tenir. Son père avait été gérant de banque à Saint-Issaire. Malgré son rang social et ses hautes fonctions, il avait dû frayer avec tout ce que la paroisse comptait de démunis, de fraudeurs et de fainéants, autant qu'avec des gens qui se prétendaient bien nantis. Son père avait été le dépositaire de leurs secrets autant que de leurs épargnes ; le secret de leurs tares et de leurs avoirs s'était transmis de Gabriela à Madame d'Astis.

Quand elle voyait passer les plus âgés, Madame d'Astis savait quel passé chacun portait. Et ce passé s'était transmis à leurs enfants, chez qui elle reconnaissait les traits de leurs parents, comme une faute indélébile. Quant aux enfants de ces enfants, elle voyait chez eux non seulement les tares héritées du passé, mais aussi les menaces que nourrissait leur jeunesse, devenue un fléau depuis que rien ne refrénait ses appétits.

Voyait-elle passer quelqu'un dont elle ignorait les ascendants, Madame d'Astis interrogeait son mari. Comme il ne reconnaissait personne, elle lui disait :

— Rien d'étonnant à ce que vous ne sachiez jamais rien : vous ne savez pas poser les bonnes questions. Je m'évertue à vous dire exactement quoi demander, vous ne rapportez jamais les renseignements comme il faut. Est-ce possible ? Avoir fait toute une carrière qu'on prétend brillante et être incapable de répéter les réponses qu'on vous fournit ! C'est que vous n'écoutez jamais ce qu'on vous dit. Vous ne voyez donc rien ? Qu'attendez-vous pour vous mettre au courant ? Qu'on nous assassine ? Tâchez d'apprendre qui sont ces gens-là et d'où ils viennent. Le village déborde de gens qui viennent de nulle part. Ce sont tous ces assistés sociaux qu'on a fait venir de la ville !

Le jour où elle vit passer un Noir, Madame d'Astis faillit s'évanouir. Elle en éprouva les mêmes malaises que si elle avait dû s'aventurer dans la foule.

— On aura tout vu ! s'était-elle exclamée. Un nègre à Saint-Issaire ! Comme s'il n'avait pas suffi qu'on ait eu des Chinois qui sont venus ouvrir un restaurant louche. Heureusement qu'ils sont partis, ceux-là ! Si on en laisse entrer un, on en aura une invasion ! Où en sommes-nous rendus ? C'est devenu grave ! Ce sera bientôt invivable ici. Qui permet à des gens qui ne sont pas de la place de s'installer ici ? Le village change, on ne s'y reconnaît plus. Il est temps de prendre des mesures pour empêcher de tels abus. Il faut absolument arrêter ce fléau des assistés sociaux qui viennent de la ville.

Elle avait enjoint à Monsieur d'Astis de découvrir au plus tôt qui avait bien pu louer un logis à ce nègre. Il fallait corriger la situation sans retard et empêcher que pareille chose ne se répète.

Monsieur d'Astis lui apprit que monsieur Dantin était de la Guadeloupe et que personne ne lui avait loué un appartement : il avait acheté la maison de madame Longtin, qui était entrée au foyer. Monsieur d'Astis n'avait pas vu madame Dantin, il ne savait d'ailleurs pas s'il existait une madame Dantin, mais les trois enfants qu'il avait vus lui avaient paru mignons.

Madame d'Astis en éprouva un malaise cardiaque qui passa bien près de devenir une crise cardiaque et peut-être même le devint.

— Voilà ce qui arrive avec ces histoires de foyer. On n'a absolument pas besoin d'un foyer à Saint-Issaire. Jamais je ne pourrais vivre dans un endroit pareil. Les vieux abandonnent leur maison et ce sont des gens de nulle part qui occupent les lieux. Qui dit que ce ne sont pas des squatters ? Est-ce qu'on a besoin d'un foyer ici ? Il y a des gens qui sont prêts à n'importe quoi pour de l'argent.

Une crainte ne se résorbait que pour faire place à une autre, plus pressante, chacune engendrant de nouveaux soupçons, et les soupçons, de nouvelles menaces. Madame d'Astis veillait de plus en plus tard, à l'affût des bruits et des mouvements insolites. Elle ne se permettait de dormir qu'à l'aube : Monsieur d'Astis pouvait alors prendre la relève. Mais elle ne dormait jamais d'un sommeil profond, elle ne pouvait lui faire confiance : il était sans peur mais non sans reproches. Elle avait beau multiplier les recommandations, chaque jour elle devait tout vérifier et tout reprendre. C'était pourtant pour le bien de son mari autant que le sien qu'elle se préoccupait de ces choses auxquelles Monsieur d'Astis ne semblait attacher aucune importance. Son sort lui paraissait peu enviable, mais elle le supportait sans se plaindre : c'était sa seule consolation.

Un beau matin, elle se réveilla plus tôt que d'habitude. Au cours de la nuit, le sommeil lui était venu à l'improviste : elle en avait oublié de s'inquiéter. Tout ce qui la maintenait sur le qui-vive l'ayant quittée, elle n'eut plus de quoi tenir en vie. Elle en rendit l'âme sans le savoir.

Ses précautions n'avaient pas été vaines : de toutes les menaces contre lesquelles elle s'était prémunie, aucune ne l'avait atteinte. Ce qui lui donnait bien raison. Mais c'était aussi lui donner tort, puisque la seule menace à laquelle elle n'avait pas songé, celle de l'intérieur, fut précisément celle qui l'emporta. Elle mourut ainsi de ce qui pour autrui eût été mourir de sa belle mort mais qui, pour elle, eut l'effet d'un démenti.

Madame d'Astis au Paradis se retrouve, sans s'y être préparée. Rien n'y est aménagé comme il faut : on n'a rien prévu pour assurer sa sécurité et encore moins pour ménager sa santé et sa dignité, qui ne font qu'un avec sa personne. Toutes portes y demeurent ouvertes à toute heure du jour et de la nuit. Quant aux fenêtres, n'en parlons pas, les murs en tiennent lieu, et ils sont ouverts à tout curieux comme à tout vent.

« Ces gens-là vous annoncent le Paradis mais ne font rien comme il faut », dit-elle à l'intention de Monsieur d'Astis. Celui-ci, comme toujours, n'est pas là où il devrait être ; Madame d'Astis doit se contenter d'énoncer ses observations, si pertinentes soient-elles, en son for intérieur : ce qui est beaucoup moins satisfaisant, celui-ci ayant perdu l'habitude de l'écouter depuis que Monsieur d'Astis en fait office.

Au Paradis, elle ne reconnaît personne de Saint-Issaire : à croire que ces gens-là n'ont pas assez souffert sur terre pour y mériter une place. Ce qui confirme heureusement ce qu'elle a toujours soutenu, mais du même coup comporte un sérieux désavantage : celui de peupler le Paradis de gens qui viennent de n'importe où.

Pareille situation ne saurait durer. Madame d'Astis s'en va faire part de ses doléances à saint Pierre, à défaut de Monsieur d'Astis.

Saint Pierre, moins compatissant que Monsieur d'Astis — comme toujours, il n'est pas là où il devrait être, celui-là, mais, décidément, si ses malheurs persistent, Madame d'Astis finira par lui trouver des qualités qu'elle ne lui a jamais connues de son vivant —, saint Pierre donc, à défaut de Monsieur d'Astis, lui répond que, le Paradis étant parfait, on ne peut l'améliorer.

— Mais les portes et les fenêtres sont ouvertes à tout vent et tout venant. Avez-vous songé à tous ces microbes et à tous ces malfaiteurs qui en profiteront ? C'est inviter les forfaits et encourager le vice.

Saint Pierre en a vu bien d'autres : il lui assure qu'on n'a pas à verrouiller portes et fenêtres, puisqu'au Paradis il n'y a que d'honnêtes gens. Comme un fonctionnaire insolent, il ajoute :

— Vous faites erreur, Madame, c'est en enfer qu'on pratique le huis clos. Il y a ici un monsieur Tartre, ou Sartre, je ne sais plus trop, enfin, un philosophe, qui pourra vous renseigner là-dessus. Mais je vous préviens, il n'est pas commode. Il prétend qu'on a enfreint sa liberté et qu'on l'a déposé ici contre son gré. Heureusement que les philosophes sont rares au Paradis : ce serait invivable si on devait en avoir plus qu'un de cette espèce.

— Justement, rétorque-t-elle du haut de sa particule, il n'y a ici que des gens que je ne connais pas. Votre Paradis est plein de gens qui viennent de nulle part : des malfaiteurs, des immigrés, des jeunes et des drogués ; des gens de toutes espèces qu'il faudrait renvoyer d'où ils viennent.

Là-dessus saint Pierre se contente de hausser les épaules comme un musulman fataliste. En administrateur avisé, il lui répond qu'on ne saurait chambarder tout le Paradis pour les besoins d'une seule personne. D'ailleurs, il n'y peut rien : il lui faut s'en remettre à Dieu, dont il ne fait qu'exécuter les ordres.

Confondant le conte et la chronique, peut-être induit en erreur par le discours à particule, saint Pierre lui conseille d'un air bonhomme :

— Il vaut mieux vous y faire, ma bonne madame d'Atis, c'est pour l'éternité.

On le sait depuis longtemps, saint Pierre est impétueux mais d'un bon naturel au fond, et puis il passe tant de monde chez lui : on peut bien lui pardonner la minuscule et l'erreur du nom. Après tout, ce ne sont fautes de bienséance que pour l'intimée. D'ailleurs, il y a belle lurette que saint Pierre devrait être à la retraite : s'il demeure en poste, ce n'est que pour rassurer les nouveaux élus.

Madame d'Astis, elle, s'y trouvant bien malheureuse, se dit que le vieux ne l'emportera pas en Paradis.

Ce serait sa seule récompense, si, n'écoutant que son grand cœur et sans même consulter son supérieur hiérarchique, saint Pierre ne permettait à Madame d'Astis de surveiller ce qui se passe chez elle. Le supplice est pire que celui qu'elle endure au Paradis. Elle n'a pas quitté la maison qu'aussitôt Monsieur d'Astis dénude les fenêtres, déverrouille les portes, fait lever les écrous et les barreaux, laissant libre cours à tout vent et tout passant. De son vivant Madame d'Astis l'a souvent dit, de l'au-delà elle le répète : Monsieur d'Astis est sans peur mais non sans reproches, elle le préférerait peureux mais sans reproches. Voilà que, laissant tomber la reconnaissance comme une défroque, il se donne des airs de liberté. Depuis que Madame d'Astis n'y est plus, on dirait même qu'il a grandi. Si cela continue, il aura bientôt la taille qu'il avait avant de l'épouser.

Ce serait, Madame, à vous faire passer de vie à trépas, si vous n'aviez déjà franchi ce pas qui sépare l'avant de l'après.

LE COMPTABLE

Son assiette a mangé pour lui...

DICTON

L E COMPTABLE A DISPARU. On ne s'en serait pas aperçu, il n'a jamais beaucoup parlé. On ne lui demandait que de compter. Ce qu'il faisait sans avoir besoin de parler.

À force de conduire le troupeau au pâturage, il lui est venu des goûts d'aventure et de largesse : le comptable a disparu et l'argent avec lui. Les bourses s'en émeuvent, la paroisse s'en inquiète. Les épargnes sont-elles assurées ?

À la Caisse chacun s'amène pour en savoir plus long et du même coup vérifier que son compte n'a pas dépéri. Les bas de laine, qui avaient maigri depuis que les taux d'intérêt s'étaient mis à gonfler, vont se remettre à engraisser. Le gérant a beau dire qu'il n'est pas prudent de garder trop d'argent à la maison, tout le monde sait bien que s'il n'en garde pas, c'est qu'il n'en a pas, et que la seule chose qu'il garde par-devers lui, ce sont ses dettes.

— Le comptable n'a pas disparu, rassure le gérant, il n'est tout simplement pas revenu de vacances.

Le gérant ne sait pas où le comptable prend ses vacances, mais les épargnes sont à l'abri des intempéries. Effarouchées malgré toutes ces assurances, les épargnes n'en quittent pas moins le confort douillet de la Caisse. Tant que dure l'absence du comptable, les bas de laine, comme le pois de la princesse, s'arrondissent et durcissent sous le matelas.

À Salt Lake City on a retrouvé le comptable, jouant gros, gagnant autant qu'il perdait, mais perdant autant qu'il gagnait.

De Salt Lake City il est revenu en compagnie de deux policiers. Mais une partie du troupeau est demeurée là-bas.

On n'a pas livré le comptable à la justice : c'est quelqu'un de la paroisse. Il s'est expliqué au gérant, qui a fait rapport au conseil d'administration.

Le comptable n'a jamais volé. Il faisait des épargnes sur les épargnes des sociétaires : quelques cents par-ci, quelques cents par-là. Chaque semaine, il mettait de côté quelques milliers de dollars. Chaque année, il empruntait une centaine de milliers de dollars de la Caisse pour le temps de ses vacances. Personne n'en savait rien, personne n'en souffrait, personne ne s'en plaignait.

Avec ses cent mille dollars, à Salt Lake City, il était quelqu'un. On le connaissait, son nom figurait sur la liste des gros joueurs : le casino lui payait le billet d'avion, lui offrait la chambre d'hôtel et quelques agréments. Le reste étant à ses frais, ses goûts demeuraient modestes ; il se contentait de ce qu'on lui offrait, n'en demandait pas davantage et en payait encore moins. D'être quelqu'un ne l'avait pas débauché : des agréments il n'abusait pas.

Sachant compter, il jouait gros, mais prudemment. L'année durant, il comptait plus qu'il ne parlait. Pendant ses vacances, il jouait plus qu'il ne comptait. Il parlait anglais et jouait gros. Deux semaines durant, il était quelqu'un. Presque un Américain.

À la fin de ses vacances, il faisait le bilan. Une année, il gagnait cinq mille dollars. L'année suivante, il en perdait autant. Une année, deux mille de perdus ; l'année suivante, deux mille de retrouvés. Au total, sur cinq ans, le troupeau s'était maintenu et ses vacances ne lui avaient coûté que quelques milliers de dollars. Moins qu'il n'en coûtait chaque année au moins bien nanti des Saint-Issairois qui passent leurs vacances en Floride.

Chaque année, au retour de ses vacances, le comptable rendait les cent mille dollars. Ni plus, ni moins, scrupuleusement, en comptable honnête. Si, une année, il était perdant, il comblait la différence. S'il était gagnant, il déposait ses gains dans son compte d'épargne, où ils accumulaient de modestes intérêts, pas plus, pas moins que les comptes des autres sociétaires, pour les vacances de l'année suivante.

Et, sachant compter, comptant plus qu'il ne parlait, il recommençait à préparer les vacances de l'année suivante. Quelques cents par-ci, quelques cents par-là, quelques milliers de dollars par semaine, qui reposaient bien tranquilles dans un compte, en attente de vacances.

C'est l'inconscience du marché monétaire international qui fut la cause de tous ses malheurs. Le dollar canadien ne valant plus le dollar américain, tout juste un peu plus de la moitié, il ne lui a plus suffi de rogner les épargnes de chacun, quelques cents par-ci, quelques cents par-là. Pour produire un troupeau respectable et demeurer quelqu'un à Salt Lake City, il a dû soustraire cent mille dollars supplémentaires, lui qui n'avait jamais abusé des agréments supplémentaires qu'on lui offrait.

Mais pourquoi Salt Lake City, dira-t-on ? On ne manque pas de gobe-sous ni de happe-dollars à Montréal, à Windsor, à Hull. Si c'était parce qu'il n'était quelqu'un qu'en anglais, eh bien, on le parle aussi à Montréal, à Hull et même à Windsor. Si c'était à cause du sel, n'y a-t-il pas un casino aux Îles-de-la-Madeleine ? Non, c'était plutôt parce qu'à Montréal, à Hull et même à Windsor on aurait pu le reconnaître. Et alors on l'aurait pris pour un comptable en vacances. Tandis qu'à Salt Lake City il était sûr d'être quelqu'un. Avec son troupeau, on pouvait le prendre pour un Américain : il y était reçu avec les honneurs dus à un cheik ou à un cowboy plutôt qu'à un berger.

Le dollar canadien ne valant plus le dollar américain, tout juste un peu plus de la moitié, le comptable a dû doubler son emprunt pour demeurer quelqu'un à Salt Lake City. Il savait compter, mais il comptait en dollars canadiens. Pour obtenir les mêmes égards, il a dû doubler la mise aussi.

Misant le double, il aurait pu gagner le triple. Le malheur a voulu qu'il perdît davantage. Cinquante mille dollars, pour être exact. Même si ce ne sont que dollars canadiens, il lui faudra les rembourser. Dans son compte il n'a pas tant d'argent : il lui faut continuer de jouer. Un jour en avance de deux mille dollars, le lendemain en retard de trois mille, misant toujours avec prudence, parce qu'il sait compter, même si ce n'est qu'en dollars canadiens. Mieux vaut rentrer tard qu'avec un troupeau décimé.

C'est là que les policiers l'ont trouvé, jouant avec tout le sérieux d'un comptable au travail. À Saint-Issaire on l'a ramené, aux frais de la princesse, laissant là-bas une partie du troupeau, parce que le temps des vacances était terminé.

Le comptable s'est expliqué au gérant, qui a fait rapport au conseil d'administration : on ne peut pas le rendre aux policiers, il est de la paroisse.

Le comptable s'offre à restituer. Mais pour restituer, il lui faut un emploi. Il ne sait que compter, mais il compte bien. Tant qu'il s'agit de dollars canadiens. Ce n'est tout de même pas au gérant qu'on va demander de compter. Le gérant de la Caisse n'a pas besoin de savoir compter, il lui suffit de savoir parler. Qu'il soit le beau-frère du président du conseil d'administration ne nuit pas non plus. Le comptable est revenu au travail. Une année durant, il a compté les épargnes, les emprunts et les intérêts, sans parler beaucoup plus qu'auparavant. Sauf, parfois, pour évoquer avec nostalgie les fastes et les splendeurs de Salt Lake City.

Chaque semaine, il a rogné son salaire et ses épargnes, un dollar par-ci, un dollar par-là. Pour tout rembourser, il lui faudra rogner encore longtemps, un dollar par-ci, un dollar par-là.

Après une année revient le temps des vacances. On ne peut les lui refuser, il y a droit, mais on n'est pas sûr qu'on puisse le laisser partir. S'il allait se retrouver à Salt Lake City ? Ou à Montréal, à Hull ou à Windsor ? Avec son troupeau, même décimé, il pourrait oublier qu'il sait compter et être tenté de redevenir quelqu'un.

C'est la caissière qui a trouvé la solution. Elle s'est proposée pour l'accompagner. À condition, bien entendu, qu'on le rembourse de ses dépenses. Ce que le gérant a accepté d'emblée. Après tout, ce n'est que justice.

LES VOIES DU SEIGNEUR

« L ES VOIES DU SEIGNEUR sont mystérieuses », dit la
Bible en français. En anglais, elle dit plutôt : « Le
Seigneur travaille de mystérieuses façons. » Est-ce
vraiment blanc bonnet, bonnet blanc ?

Le Dieu des Français évoque l'école buissonnière
ou le petit chaperon rouge folâtrant en route ; celui des
Anglais et des Américains ressemble à un financier qui
cache son jeu. Passant d'une langue à l'autre, le tra-
ducteur ne sait s'il doit changer de religion ou trans-
poser la religion de l'un dans la langue de l'autre.
C'est, j'imagine, à l'usage que l'on sait de quelle langue
est la religion que l'on pratique.

Les métiers, eux aussi, se pratiquent autrement
dans l'une ou l'autre langue. Ceux de la construction,
quant à eux, participent de deux états : celui du
notable par les revenus, celui du commun des mortels
par les mains. Chez la plupart de leurs praticiens, le
partage s'accomplit cependant sans heurt ni déchire-
ment. Comme le roi Midas, tout ce qu'ils touchent se

transforme en monnaie commune, et c'est elle qu'ils dépensent le plus allègrement.

Sans doute ébloui par l'or dont la légende l'entoure, on oublie que Midas était bilingue et que son sort l'apparente à tout un chacun aujourd'hui : parce qu'il ne sut pas apprécier la musique classique, il lui poussa des oreilles d'âne. La différence, essentielle, c'est que Midas cherchait par tous les moyens à camoufler ses oreilles, alors qu'aujourd'hui on les arbore comme la marque d'un grand couturier.

Plombier de son métier, c'est par la branche moins connue que Jean-Luc Thibault descendait du roi de Phrygie. Mais, authentique descendant de Midas, il aurait bien voulu cacher ce qui marquait son appartenance au commun des mortels. Jean-Luc tentait par tous les moyens, petits et grands, de définir son état par son revenu plutôt que par ses mains. Il les camouflait tant qu'il pouvait, mais ce n'était pas chose facile, car les tuyaux se mettaient à chuchoter : « Jean-Luc, Jean-Luc a les mains sales. »

L'art du plombier, de noble ascendance, puisqu'il remonte à l'Empire romain, consiste à assurer le passage de l'eau dans la maison. Plus souvent qu'autrement, la difficulté provient de ce que, se croyant indispensable parce qu'elle a été un temps utile, l'eau n'en veut plus sortir. Et, comme les humains, elle est plus propre à l'arrivée qu'à la sortie.

Pour pratiquer son art, Jean-Luc revêtait l'uniforme des notables : complet, chemise blanche et cravate. Mais la tuyauterie adoptant la plupart du temps des voies analogues à celles que la médecine appelle internes, il devait endosser une salopette par-dessus son uniforme de notable. Le froc des médecins ne convenait pas tout à fait pour la circonstance, le plombier devant user d'instruments que la déontologie médicale ne recommande pas. S'il présentait certains avantages en hiver, le double costume les perdait en été. D'ailleurs, même en uniforme de notable sous la salopette, Jean-Luc devait continuer de se salir les mains : ce qui le distinguait aussitôt d'un état qui s'accommode de toutes les saletés, sauf celle-là.

Le Moyen Âge, lui, ne connaissait pas les mains blanches, sauf chez les femmes : c'est par la monture qu'il distinguait le noble du roturier. À Saint-Issaire aussi, c'est par sa monture que chacun s'identifie. Depuis que monsieur Ford a remplacé le bon roi Henri, la voiture devant la porte a supplanté la poule dans le pot-au-feu. Ainsi se mesure le progrès de la civilisation. Mais ce que l'on a gagné en volume, on l'a perdu en variété. Buffon a beau dire que le style c'est l'homme, comment, par la voiture, faire oublier qu'on se salit les mains plutôt que l'âme pour gagner sa vie ? Dans une paroisse où les cultivateurs se plaignent que les temps sont durs s'ils n'ont pas les moyens d'acheter une Cadillac neuve en septembre, quelle auto fera de vous un notable ?

Jean-Luc, digne descendant du roi de Phrygie, pour changer son état, une voiture à trait d'union s'acheta, comme d'autres un château à particule. D'une Rolls-Royce il devint serviteur, et tout le village en fut ébahi.

75

La Rolls était pourpre, il ne lui manquait que l'hermine. Elle avait le port majestueux de la reine Victoria à l'occasion de son jubilé et, se déplaçant avec l'assurance de sa noble ascendance, elle était à elle seule son propre cortège. On racontait que sa grille et ses atours étaient en or massif et qu'il fallait plus d'essence à Sa Majesté pour se rendre au bureau de poste que n'en consommait le commun des véhicules pour aller en ville et en revenir. Les curieux et les touristes baissaient respectueusement le ton en passant devant le garage où elle se retirait sous sa housse, dans l'intimité de son quant-à-soi, en attendant d'effectuer sa prochaine sortie pour l'ébahissement de la populace.

Comme la royauté, la Rolls ne se déplaçait que pour les grandes occasions et, chacune de ses sorties revêtant d'importance même l'événement le plus banal, il n'y avait plus d'événement banal si elle en était. On ne pouvait concevoir un mariage ou une mort de quelque importance sans y inviter la Rolls-Royce. Sa Majesté fut de toutes les noces et de toutes les funérailles, et Jean-Luc avec elle.

À Saint-Issaire, les lois de l'Église ont préséance sur celles de la municipalité : à l'heure de la messe, les affiches interdisant le stationnement courbent humblement l'échine, pour permettre aux autos des paroissiens de former une double haie de chaque côté de la rue principale et des rues avoisinantes. Mais même en usant ainsi des privilèges que donne la religion d'État, quand Rolls-Royce on est, on ne saurait prendre place parmi le roulant vulgaire.

Ainsi Jean-Luc devait-il conduire la Rolls à l'église avant l'arrivée de tout le monde, pour l'installer devant la porte centrale : légèrement à l'écart de tout un chacun pour bien marquer son aristocratie, mais à la vue de tous pour que chacun tire orgueil de sa présence. Quant à Jean-Luc, son service assuré, il était congédié jusqu'au moment de conduire, à la fin de la cérémonie, la Rolls-Royce, qui, formant à elle seule son propre cortège, était toujours assurée d'en être à la tête. Il n'avait alors qu'à rentrer chez lui à pied, pour revenir ensuite, toujours à pied, assister à la messe. Si, mis quelque peu en retard par la toilette qu'exigeait la Rolls-Royce avant chacune de ses sorties, il n'avait pas le temps de rentrer chez lui et d'en revenir, il n'avait qu'à entrer à l'église pour y attendre le moment de la messe.

Grâce à la Rolls-Royce aux exigences impériales et à l'allure majestueuse de la reine Victoria à son jubilé, Jean-Luc put se rapprocher de l'état de notable. Sans pour autant en être tout à fait, car il continuait d'exercer un métier qui, tout noble qu'il soit, n'en salit pas moins les mains. Toutefois, les mariages et les funérailles s'ajoutant à la grand-messe du dimanche, sa santé et sa piété s'en trouvèrent nettement améliorées. Comme chacun sait, la santé et la dévotion ne vont pas de pair, mais, les servant tour à tour comme lui en donnaient l'occasion la Rolls-Royce et les aléas de l'horaire, Jean-Luc s'en trouva mieux de corps et d'âme, même si, par les mains, il continuait d'être exclu de l'état de notable.

Tout compte fait, on s'étonne de ne pas rencontrer plus de Rolls-Royce, on ne dit pas sur les grands-routes, mais au moins dans les villages. Son prix est quelque peu élevé, mais il est d'un bon rendement. Tout comme l'argent ne fait pas le bonheur, une monture à trait d'union ne permet pas de devenir notable sans coup férir. Mais, comme l'argent, elle améliore la santé et assure le Paradis. Voilà qui n'est tout de même pas à dédaigner.

Passant ainsi par une marque d'auto à l'allure tout ensemble aristocratique et britannique, ce qui, quoi qu'on en pense, ne va pas toujours de pair, les voies du Seigneur sont décidément mystérieuses. Ou ne serait-il pas plus exact de dire, en l'occurrence, que le Seigneur travaille de mystérieuses façons ?

Peut-être, en fin de compte, est-ce cela que veut dire la parabole selon laquelle il est plus facile à un chameau de passer par le chas d'une aiguille qu'à un riche d'entrer au Paradis. J'ai, quant à moi, rencontré en ma vie plus de chameaux que de Rolls-Royce. Après tout, les Rolls ne courent pas les champs ni même les chemins de campagne. Combien, de votre côté, en avez-vous rencontrées ? À moins que vous ne fréquentiez une gent que je ne connais pas.

Et si ce conte était précisément, lui aussi, une parabole ?

LES POLONAIS

Ils DEVAIENT ÊTRE au début de la soixantaine, une soixantaine bien conservée, qui n'affichait pas son âge ni ne le camouflait. Ils étaient rondelets ; elle avait le teint rose, il l'avait cramoisi. Sous les pattes-d'oie et les cheveux gris, ils avaient des yeux rieurs. Elle était poète, il était ingénieur. Ils étaient polonais. Comment savait-on tout cela, qui n'est pas évident au premier coup d'œil ? Comment distingue-t-on un Tchèque d'un Polonais ? Et un poète d'un ingénieur ? Personne à Saint-Issaire ne parlait polonais. Mais puisqu'on les appelait « les Polonais », ils devaient être polonais. Et depuis leur arrivée on savait de connaissance certaine qu'elle était poète et qu'il était ingénieur. Peut-être avaient-ils dit tout cela en réponse à quelque question discrètement posée.

Comment avaient-ils bien pu atterrir à Saint-Issaire ? On racontait qu'ils n'étaient pas venus de leur pays, mais d'ailleurs en Europe, pour s'installer au Canada. Les plus connaissants, qui étaient plus jeunes comme de juste, précisaient qu'il avait un poste important chez IBM et qu'il voyageait partout dans le monde. Ils s'étaient amenés au village, y cherchant une maison. On crut qu'il y avait malentendu, qu'on ne se comprenait pas bien à cause de leur accent : elle ne parlait qu'anglais ; lui parlait un français qu'on avait d'abord pris pour de l'anglais d'Angleterre. On leur avait signalé des terres à vendre dans le rang Croche et dans le Douzième Rang, comme on le faisait quand on avait affaire aux Suisses ou aux Allemands, qui passaient au village en quête de renseignements sur les fermes des environs, mais finissaient toujours par aboutir sur les meilleures terres, pour lesquelles ils offraient le gros prix. Mais les Polonais, eux, ne voulaient pas d'une terre : ils cherchaient une maison au village.

On leur fit voir la maison du vieux Minville, qui était à l'abandon depuis deux ans après avoir été en déroute pendant trente ans. La maison, pas le vieux : le vieux avait été en déroute toute sa vie et il était mort depuis deux ans. Ils en furent enchantés. Pas de la mort du vieux : de la maison, qui était sur la rue principale, à quelques pas de l'église.

S'ils s'éprirent de la maison, comme ils le disaient, ce ne fut certainement pas parce qu'elle était proche de l'église : ils n'y mirent jamais les pieds. Ils durent y voir — pas dans l'église : dans la maison du vieux Minville — quelque chose qui n'était pas apparu à tous les autres à qui on l'avait offerte, à un prix bien inférieur à celui que payèrent les Polonais. Mais ce qu'ils y virent ne s'y trouvait sûrement pas en surface, puisque les travaux de rénovation durèrent toute une année.

Chaque quinzaine ou presque, on voyait arriver un nouveau corps de métier : des gens qui venaient d'on ne sait où et qui parlaient des langues qu'on n'avait jamais entendues. Aussitôt ceux-là partis, la maison était prise d'assaut par un autre métier. Certains demeuraient moins longtemps, d'autres y revenaient : la danse paraissait compliquée, mais ne s'arrêtait que le temps d'une pause puis repartait plus endiablée qu'auparavant. Les coups de marteaux et le vrombissement des scies retentissaient du matin jusqu'au soir. Le plâtre tombait de partout, les murs s'ouvraient, les plafonds s'effondraient, la poussière sortait par les fenêtres. «Ça parle au yâble !» se serait exclamé Esdras Minville s'il avait pu voir cela.

On répara le plancher et le toit de la galerie où le vieux Minville avait passé les trente dernières années de sa vie à bercer ses souvenirs en regardant passer le temps, mais on préserva la dentelle de bois qui l'ornait — la galerie, pas le vieux : lui n'avait jamais connu d'autre dentelle que celle qu'il découpait dans le bois. On remonta le toit de la maison, sous lequel on ajouta une immense pièce ajourée de grandes fenêtres dans une lucarne. Même les hangars, qui jamais de leur vie n'avaient vu une goutte de peinture, furent transformés et peints en blanc. La maison, sous sa toiture de tôle rouge, se retrouva d'un blanc aussi éclatant qu'une robe de mariée. Personne ne se rappelait lui avoir vu si fière allure : c'était bien la maison du vieux Minville, puisqu'elle se tenait encore au même endroit, mais rajeunie, ragaillardie. Elle voguait toutes voiles gonflées : l'église paraissait grise et lourde à côté de cette jeunesse éclatante.

Un jour, on vit s'accoler à la maison un grand escogriffe jaune et vert, arborant caravelle aux voiles déployées. On ne vit rien de ce qui en sortait, mais tout le jour on entendit des han! et des heun! et le roulement sourd du diable sur le bois. Le soir, le camion repartit vide : du moins on le suppose, puisqu'il était léger et roulait toutes voiles dégonflées. La maison, elle, était remplie et habitée. Les Polonais y étaient installés.

Quelques-uns s'étaient essayés à prononcer leur nom, qui finissait en « *ski* » pour lui et en « *ska* » pour elle, mais c'était par blague, pour faire croire qu'on parlait polonais. On disait « les Polonais ». Il n'y avait pas d'erreur possible, le village n'en comptant pas d'autres, ni les environs. On disait « les Polonais » si on parlait d'eux, mais « Lui » et « Elle » si on parlait d'eux au singulier, jamais « le Polonais » ou « la Polonaise ».

Ils s'étaient installés dans leur maison rajeunie, blanche et pimpante sous son toit rouge, à quelques pas de l'église, mais lui n'y était à peu près jamais. Il arrivait n'importe quel jour de la semaine et repartait, parfois le lendemain, parfois deux ou trois jours plus tard, pour des dix, douze jours.

Tout le printemps et tout l'été, elle passa ses journées à bêcher, à sarcler, à aménager des plates-bandes, à planter des arbustes et des fleurs. Si bien qu'à l'automne il ne resta pas la largeur d'un carré de gazon. Et, de tout l'été, pas une seule mauvaise herbe n'osa pointer le nez ni le museau dans ses plates-bandes. Tout était en fleurs, des rosiers surtout : de toutes les familles et de toutes les nuances de rose et de rouge, qu'elle visitait un par un et taillait tous les matins. Les jours que le vent s'apaisait, le parfum des roses enveloppait la maison blanche sous son toit rouge, comme d'une tendresse toute sensuelle, à quelques pas de l'église.

Le soir, la lucarne s'éclairait. Du perron de l'église, on la voyait assise devant une grande table sombre, recouverte de papiers. Elle lisait, parfois elle écrivait ; la plupart du temps, elle se tenait immobile comme si elle regardait la télévision. Pourtant, on avait bien remarqué que le toit rouge, qui étincelait au soleil, n'était garni d'aucune antenne. Cela avait fait jaser au village : « S'il laisse sa femme seule tout le temps, disait toute une chacune à tout un chacun, il devrait au moins lui donner la télévision pour se désennuyer. » Par les fenêtres ouvertes, et même quand elles ne l'étaient pas, on n'entendait que de la musique. Certains soirs, les airs d'opéra faisaient vibrer les murs et débordaient de partout, pour rivaliser avec l'orgue dans le jubé d'à côté.

Quand vint l'hiver, on ne la vit plus que lorsqu'il neigeait. Dès les premiers flocons, elle sortait avec sa pelle et son balai pour déblayer son trottoir, comme si elle attendait quelqu'un à toute heure du jour et de la nuit.

Elle s'éloignait rarement de la maison, toute pimpante sous son toit rouge, à quelques pas de l'église. Chaque jour, elle se rendait au bureau de poste, à cinq minutes de marche, en revenant parfois avec une enveloppe bleue galonnée de rouge et arborant des timbres aux couleurs pastel. Mais elle y déposait des lettres plus souvent qu'elle n'en rapportait.

Au bureau de poste, on n'avait pas appris à prononcer son nom, mais lorsque arrivait une lettre dans une enveloppe bleue galonnée de rouge et portant un nom tout en consonnes, on savait que c'était pour elle.

Elle faisait aussi des emplettes à l'épicerie du village. Peu de choses en réalité : du pain, du lait, du fromage, quelques fruits, des légumes. Son mari devait apporter de la nourriture à chacun de ses retours.

Elle allait toujours à pied. Au bureau de poste ou à l'épicerie, à l'aller comme au retour, ou immobile parmi ses roses, si on la saluait, elle inclinait la tête puis la relevait brusquement en portant sur ses interlocuteurs un regard d'un bleu vif, qui, le temps d'une lueur, passait de l'inquiétude au sourire, avant d'aller se fixer bien au-dessus de leur tête, comme s'il était aimenté par un horizon lointain. Aux hommes elle disait quelques mots ; avec les femmes elle devenait volubile et s'animait comme une jeune fille retrouvant ses compagnes de jeu.

Elle ne parlait qu'anglais; lui parlait un français qu'on avait d'abord pris pour de l'anglais d'Angleterre. À la longue, on comprit que c'est elle qui parlait un anglais d'Angleterre, alors que lui parlait un français qui devait être de Pologne ou de ce coin-là. En s'excusant, elle disait qu'elle ne parlait qu'anglais, mais que son mari parlait français; elle demandait qu'on lui parlât en français, car elle voulait l'apprendre.

Elle expliquait qu'elle était poète, qu'elle avait publié tous ses livres en polonais, mais qu'elle s'était mise à écrire en anglais. Elle aurait souhaité, disait-elle, écrire en français, parce qu'il lui semblait toujours que ses poèmes en anglais étaient d'une autre. Pour écrire des poèmes, disait-elle, il faut porter tous les mots dans son cœur. La difficulté provenait de ce que l'anglais ne tenait qu'en sa tête: elle n'arrivait pas à le faire entrer dans son cœur. «Étrangement, disait-elle, je porte le français en mon cœur, mais il ne tient pas dans ma tête. Le jour où il tiendra dans ma tête, si je peux continuer de le porter dans mon cœur, je pourrai écrire des poèmes en français et ils seront à moi.»

C'est ce qu'avaient fini par comprendre celles qui savaient plus d'anglais que les autres.

On l'écoutait poliment, puis on lui parlait en anglais. Même celles qui ne pouvaient sortir trois mots d'anglais sans avoir à se creuser les méninges. Après tout, il fallait être poli, on ne pouvait s'en tenir chacun à sa langue: elle était étrangère, elle parlait anglais, on lui parlait en anglais. Forcément, sur trois mots d'anglais qui sortaient plus carrés que ronds, la conversation ne roulait pas loin. La rencontre de la volubilité et de la réticence, chacune dans une langue qui n'était pas la sienne, produisait un silence embarrassé de part et d'autre. Elle saluait en inclinant la tête, puis repartait d'un pas de moins en moins allègre. Quand son mari y était, on les voyait sortir ensemble, faire le tour de la maison, examiner les roses. Elle s'animait comme une jeune fille et lui l'écoutait en hochant la tête ; ils s'inclinaient l'un vers l'autre comme de jeunes mariés. Ces jours-là, elle ne travaillait pas dans ses plates-bandes ; elle coupait des roses, de toutes les nuances de rouge et de rose, qu'elle portait ensuite dans la maison blanche, toute pimpante sous son toit rouge. Ils partaient parfois en auto et, un peu plus tard, on les voyait passer à pied dans les rangs, main dans la main. Quand ils se promenaient au village, ils allaient ensemble, mais sans se tenir par la main ; ils saluaient tout le monde, même les commères et les rentiers assis derrière leurs rideaux.

Quand il y était, c'est lui qui allait au bureau de poste ou à l'épicerie. Il s'adressait à tout le monde en français, mais on lui répondait en anglais. On se disait qu'il devait faire un effort pour parler français, puisqu'il était étranger. Alors, pour lui rendre la politesse, on lui répondait en anglais, même ceux qui ne pouvaient sortir trois mots d'anglais sans avoir à se creuser les méninges. Les trois mots sortant plus carrés que ronds, forcément, la conversation ne roulait jamais bien loin et chacun repartait sur sa politesse.

Un jour, c'était deux ans après que les Polonais s'y étaient installés, on vit s'accoler à la maison un grand escogriffe jaune et vert, arborant caravelle toutes voiles déployées. C'était peut-être le même qu'à leur arrivée. On ne vit rien de ce qui sortait de la maison, mais tout le jour on entendit des han ! et des heun ! et le roulement sourd du diable sur le bois. Le soir, le camion repartit plein : du moins on le suppose, puisqu'il était lourd et roulait toutes voiles gonflées. La maison, elle, était vide et inhabitée.

La lucarne ne s'éclaira plus et ni *Boris Godounov*, ni *Le Barbier de Séville*, ni *La Traviata*, ni *La Flûte enchantée* ne firent plus vibrer les murs pour rivaliser avec l'orgue dans le jubé d'à côté. Derrière les rideaux de mousseline qui étaient demeurés dans les fenêtres, il n'y eut plus que des pièces vides dans la maison blanche sous son toit rouge, à quelques pas de l'église.

On n'a jamais revu les Polonais, mais leur maison n'est pas à l'abandon. Toutes les semaines, le lundi, quelqu'un s'y amène. Pas toujours le même ni la même. Les carreaux brillent ; les rideaux de mousseline blanche fleurie de minuscules pois rouges paraissent toujours aussi vaporeux. On a repeint le toit rouge et les dentelles de la galerie. Les plates-bandes continuent d'être entretenues : dès le printemps, elles sont bêchées et sarclées ; les fleurs y fleurissent tout l'été. Mais les roses ont perdu leurs nuances, comme si elles étaient devenues anonymes, depuis que personne ne leur parle. Il y a même ici et là des mauvaises herbes qui se hasardent à pointer le nez ou le museau dans les plates-bandes.

On ignore si la maison est à vendre ou si elle demeurera longtemps inhabitée. Évidemment, on raconte toutes sortes d'histoires, mais personne n'est vraiment au courant. Il y en a quelques-uns qui feraient volontiers une offre pour cette maison à deux pas de l'église. Par curiosité ou par intérêt, on a tenté de se renseigner auprès de ceux qui viennent pour l'entretien. Ils ont répondu qu'ils n'en savaient rien. Selon ce qu'on raconte, ils avaient un accent qui n'était probablement pas anglais.

LA CONSIDÉRATION

Fais du bien à un cochon...

PROVERBE

C HACUN TROUVE CONSIDÉRATION où il peut. L'important est de savoir où l'on se tient. Luc-Albert Lamontagne, lui, jouit de la considération de ses concitoyens, il le sait et veut qu'on le sache. Il aime parler et, mieux encore, qu'on l'écoute. Il veut pourtant être bien sûr qu'on écoute ce qu'il dit, plutôt que de regarder par-dessus son épaule les trente mille cochons qui le suivent partout où il va. Ni bruyants ni odorants, ses trente mille cochons le suivent partout comme son ombre qui s'allonge à mesure que sa fortune augmente. Mais il se demande parfois si la considération dont il jouit ne s'adresse pas autant à eux qu'à lui.

Longtemps, leur présence, comme une buée, comme un brouillard derrière lui s'estompant jusqu'à l'horizon, ne l'avait pas dérangé. Au contraire, croyait-il, ses trente mille cochons lui donnaient prestige et pesanteur, comme d'autres portent leur prestance dans leur embonpoint. C'était leur présence qui lui gardait les deux pieds sur terre et la tête à la hauteur des épaules. Quand il se regardait dans le miroir, il voyait qu'il avait bonne prestance et belle allure : le regard droit, la chevelure encore abondante, la mine en santé, le port noble. Et la présence de ses trente mille cochons ajoutait à son apparence comme une auréole de succès. Pour tout dire, Luc-Albert Lamontagne assurait sa considération, et ses trente mille cochons s'en portaient garants.

Luc-Albert était fils cadet. Son père, qui comptait transmettre sa terre à l'aîné, avait mis Luc-Albert en pension au collège des oblats en se disant que, s'ils n'en faisaient pas un prêtre, ils lui donneraient le sens des affaires. Lui-même, cultivateur prospère, il brassait quelques affaires quand l'occasion se présentait. Pour agrandir sa terre en passant par-dessus celles de ses voisins, à qui il n'aurait pu faire une offre parce qu'ils l'auraient vu venir, il entretenait de bonnes relations avec les veuves du voisinage, y compris celles qui ne l'étaient pas encore mais nourissaient l'espoir de le devenir un jour. Plus futé que la plupart, il ne dédaignait pas de s'adonner au maquignonnage, mais toujours dans la paroisse, parce qu'il faut préserver le patrimoine, surtout si on peut le faire à meilleur compte et que, sachant avec qui l'on a affaire, on peut éviter plus futé que soi.

Dégagé du poids d'aînesse, Luc-Albert avait pu se consacrer tôt à ses propres entreprises. Ses années de collège avaient bien servi : il aimait lire et encore mieux compter. Luc-Albert aurait pu devenir un curé respecté, voire un évêque : il aimait parler et, mieux encore, qu'on l'écoute, mais il n'avait pas de goût pour la prédication, qui rapporte peu pour ce qu'elle coûte. Il avait aussi appris que les assemblées publiques ne règlent rien : s'ils plient à tout vent, les politiciens ne s'achètent pas en public. Luc-Albert préférait traiter ses affaires et s'entendre sans témoins, et il n'en manquait pas une occasion.

Luc-Albert Lamontagne est un homme considérable, et pas seulement d'aujourd'hui ni d'hier : il le fait volontiers savoir à qui veut l'entendre et au plus grand nombre possible. Il ne s'est jamais fait faute de dire combien il vaut. Chaque fois qu'il fait un achat, il ne cache à personne combien cela vaut et même combien cela lui a coûté. Ses concitoyens ne lui en tiennent pas rigueur : ils ne s'attendent pas à recevoir quelque part de sa fortune — après tout, ce n'est pas en distribuant ses biens à gauche et à droite qu'on s'assure la considération des gens sérieux. Ils savent cependant que leur propre prestige y gagne d'avoir un homme aussi considérable dans la paroisse. La banque de Saint-Issaire a un chiffre d'affaires deux fois plus élevé que celui de la plus grosse paroisse du comté. Bien entendu, aucune paroisse des alentours n'est aussi prospère.

Luc-Albert n'a d'ailleurs jamais lésiné lorsqu'il s'agissait d'entretenir la considération qu'on lui portait : il sait que le prestige de Saint-Issaire en dépend. Et pas seulement de Saint-Issaire. Une telle considération suscite des obligations à l'égard de tous ses compatriotes, bien au-delà de la paroisse. Depuis quelque temps, Luc-Albert songe même qu'il se doit d'être bien vu de tous ceux de l'autre langue. D'ailleurs, on ne brasse pas des affaires aussi considérables sans parler anglais. C'est connu, si on veut être bien vu des Anglais, il faut parler leur langage. Et quand on a brassé des millions comme il l'a fait, on n'a plus besoin de dictionnaire.

À présent, il estime que sa carrière a atteint son apogée : ses deux filles sont mariées à des hommes d'affaires sérieux, deux de ses fils sont établis dans des entreprises qu'il a lui-même lancées, et son plus jeune est avocat. Luc-Albert pourrait maintenant se contenter de récolter les fruits de son succès, y compris la considération de ses concitoyens, mais il estime que chacun doit faire tout ce qu'il peut pour le progrès de la collectivité. Toutefois, il serait temps qu'on cesse de regarder par-dessus son épaule et qu'on écoute ce qu'il dit.

Luc-Albert a vendu la plupart de ses entreprises, mais pas ses porcheries, qui rapportent bien sans lui causer de souci : quelques employés, une tournée de temps en temps, jamais annoncée, pour s'assurer que les choses tournent rondement, rien de plus, mais rien de moins. Il ne va tout de même pas vendre ses cochons simplement parce qu'ils ont le mauvais goût de le suivre comme son ombre. Ce n'est pas parce qu'on est considéré qu'on cesse de voir à ses affaires. D'ailleurs, rien n'assure que ses trente mille cochons cesseraient de le suivre : ils proviennent de portées du passé.

Luc-Albert se dit depuis quelque temps qu'il lui faudrait donner à son prestige des formes plus étendues et plus visibles. S'il y mettait le prix, il pourrait un jour se retrouver au Sénat. En attendant, il a conçu le projet de faire peindre son portrait : cela pourrait servir son prestige et celui de ses concitoyens.

Tout le monde peut se faire photographier, mais un portrait, c'est autre chose : ce n'est pas à la portée de tout le monde et c'est durable. Il en a parlé au maire, qui sait que les votes n'ont pas tous le même poids et qu'un élu sans l'appui de Luc-Albert Lamontagne n'a pas la majorité de son côté. Les négociations n'ont pas amassé mousse, le marché a été conclu sans discussions ni calculs inutiles. La municipalité achètera le portrait à Luc-Albert au prix qu'il l'aura payé : il n'en tirera aucun profit, c'est par esprit patriotique et pour le prestige de ses concitoyens qu'il y consent. En retour, le maire s'engage à installer le tableau dans la salle de réunions de l'hôtel de ville.

Luc-Albert peut enfin se réjouir d'avoir soufflé aux élus l'idée d'un hôtel de ville dont les citoyens de Saint-Issaire puissent être fiers. Pendant longtemps, il s'était reproché d'avoir cédé à un mouvement d'orgueil en ne tirant pas meilleur profit de la construction de l'édifice. Il avait agi comme entrepreneur, histoire d'assurer que personne n'en profite indûment et pour éviter les querelles entre les fournisseurs et entre les corps de métier. À présent, il peut se dire que ce fut une bonne affaire, en fin de compte.

S'il ne refuse pas les conseils de son courtier, se disant simplement que deux têtes valent mieux qu'une lorsqu'il s'agit de choses sérieuses, Luc-Albert Lamontagne ne dédaigne jamais non plus de demander avis en d'autres domaines. D'autant que cela n'engage à rien et flatte l'orgueil de ceux à qui il s'adresse. En outre, ceux-ci n'exigent pas de commissions. Pas comme les avocats, à qui il faut payer des honoraires à tant de l'heure, et à des taux exorbitants, seulement pour les écouter parler. Non pas qu'il ait besoin d'un avocat : son fils y pourvoit à peu de frais, en se reprenant sur les honoraires des clients avec qui son père traite. En retour, Luc-Albert s'assure de son côté que son fils n'y perdra pas : « Écoute, dit-il à chacun, inutile de compliquer les choses en allant voir un autre avocat, mon garçon va t'arranger ça pour pas cher. »

Le curé aussi a été souvent de bon conseil, sans rien lui en coûter : c'est compris dans la dîme. Luc-Albert Lamontagne s'en va donc consulter son curé, qui, tout curé qu'il soit, s'y connaît en affaires, même si c'est toujours avec l'argent des autres. Plus souvent qu'à son tour, il a fait faire des travaux aux églises dans les paroisses où il se trouvait. Même qu'on s'était passablement inquiété, dans le temps, quand il avait été nommé à Saint-Issaire, parce qu'on s'était demandé s'il n'allait pas endetter la paroisse. Certaines têtes chaudes, Éphrem Cardinal le premier comme toujours quand il s'agit de défaire, avaient même parlé d'aller voir l'évêque, mais Luc-Albert y avait mis bon ordre :

— Vous voulez que l'évêque nous prenne pour des pauvres ? Attendez que le curé soit installé, on le surveillera. Et comment voulez-vous qu'il se lance dans des travaux si on lui en donne pas les moyens ?

Le curé, qu'on avait mis au courant, lui en avait été reconnaissant. D'ailleurs, le curé connaît son métier : il sait qu'il doit respect aux notables. D'abord parce qu'il est l'un d'eux, et qu'un curé qui n'est pas notable ne fait pas honneur à sa paroisse et encore moins à ses paroissiens.

Luc-Albert met le curé au courant de son projet et lui demande conseil pour le choix d'un peintre. Après tout, le curé a fait faire assez de travaux d'église, il doit connaître des peintres.

— Vous pourriez faire mieux que ça, lui dit le curé, qui sait voir au-delà des considérations immédiates, pour se préoccuper de questions plus larges et veiller aux intérêts à long terme de ses paroissiens. On pourrait faire fabriquer un vitrail pour l'église, en l'honneur de Saint-Issaire. Quelque chose de beau, mais à un prix raisonnable, et on inscrirait votre nom comme donateur du vitrail, dans un coin où il serait bien visible. De cette façon, vos bonnes œuvres seraient reconnues dès votre vivant, en attendant peut-être que vous fassiez mieux dans votre testament.

Luc-Albert, s'il ne dédaigne pas de demander conseil, surtout quand il ne lui en coûte rien, n'est pas parvenu où il est en laissant ses projets partir à la dérive au premier coup de vent. D'autant plus qu'il avait bien prévu que le curé en profiterait pour essayer de tirer la couverture de son côté.

— C'est une bonne idée que vous avez là, Monsieur le curé, mais je ne voudrais pas que les gens de la paroisse s'imaginent que j'essaye de faire autrement que les autres ou que je me prends pour un autre. Il me semble que l'église aurait besoin d'un ménage. Je ne suis pas marguillier, mais je pourrais en toucher un mot à l'un ou l'autre à qui j'ai déjà rendu service. Il ne s'agit pas d'exagérer pour endetter la paroisse, mais un peu de peinture ne ferait pas de tort. Pendant qu'on y est, on pourrait ajouter une couple de vitraux, si c'est raisonnable et si on trouve quelques donateurs. Entre-temps, vous pourriez en parler à l'évêque, en lui disant que l'église a besoin de réparations, pour voir s'il n'y aurait pas moyen d'obtenir quelque chose comme une subvention. Vous savez, ça ne nuit jamais. Moi, j'ai eu des subventions du gouvernement chaque fois que j'ai monté quelque chose, surtout dans le temps où j'ai bâti mes quatre grandes porcheries. Si on sait se placer les pieds, on peut faire beaucoup sans que ça coûte trop cher. Si l'évêque fournit sa part et si les paroissiens se mettent ensemble, vous pourrez compter sur moi aussi. Mais en attendant, vous pourriez peut-être me dire si vous connaissez des peintres qui feraient mon affaire.

Le curé promet d'en parler à son confrère de Saint-Barnabé, qui a fait peindre son église l'an dernier. Quelques jours plus tard, Luc-Albert a le nom d'un jeune peintre qui serait heureux de faire sa réputation en exécutant le portrait d'un homme aussi considérable, à un prix raisonnable. Les négociations n'amassent pas mousse, l'affaire est conclue sans discussions ni calculs inutiles. Le jeune peintre y gagnera : le tableau suspendu dans la salle de réunions de l'hôtel de ville amènera sûrement d'autres clients, sans parler du prestige que cela apportera au jeune peintre, qui pourra majorer ses prix quand la clientèle augmentera.

Marché conclu, les choses ne traînent pas : Luc-Albert Lamontagne n'est pas parvenu où il est en laissant les choses traîner en longueur, une fois qu'on s'est entendu sur un prix. Mais un tableau n'est pas une photo : il faut y mettre le temps. C'est d'ailleurs pourquoi un tableau n'est pas à la portée de tout le monde.

Pour donner toute sa portée et tout son sens à son tableau, le peintre doit connaître la biographie de son sujet, qui de toute façon ne s'en serait pas privé, puisque le peintre n'a besoin que de ses mains pour travailler.

Deux jours, et le peintre est au courant de l'histoire des succès de Luc-Albert Lamontagne, qui a commencé par une porcherie, puis une deuxième, puis une troisième, avant de se lancer dans tout ce qui se rapporte aux cochons, de près ou de loin. À une époque où personne n'y croyait, les cultivateurs se contentant d'élever un ou deux cochons qu'ils engraissaient avec des restes de table, Luc-Albert Lamontagne, lui, a compris que l'avenir et les profits étaient dans l'élevage industriel. Maintenant que ses deux filles

97

sont mariées à des hommes d'affaires sérieux, qu'il a établi deux de ses garçons dans des entreprises qu'il a lancées et que son plus jeune est avocat, Luc-Albert Lamontagne peut récolter les fruits de son succès : il a vendu ses autres entreprises et se contente de ses cochons. Pour le reste, il fait travailler ses courtiers : c'est presque aussi payant que les cochons.

Deux jours, et le peintre a terminé son esquisse. Luc-Albert trouve que c'est peu de temps pour ce qu'il paie, mais le peintre l'assure qu'il devra y travailler encore plusieurs semaines avant que le portrait ne soit terminé, en couleurs et à l'huile comme il se doit.

Trois semaines plus tard, le peintre lui présente son portrait de pied en cap, grandeur nature, à l'huile et en couleurs comme il se doit. Luc-Albert Lamontagne y a bonne mine, fière allure et noble prestance. Mais il aperçoit par-dessus son épaule un brouillard, ou une buée, où il reconnaît ses trente mille cochons. Ni bruyants ni odorants, mais leur présence nuit considérablement au prestige du tableau.

Luc-Albert refuse de payer : les cochons n'étaient pas compris dans le prix. Le peintre réplique que, sans les cochons, il n'y a pas de tableau et que, par conséquent, l'œuvre lui appartient. Les négociations deviennent plus ardues, les reparties plus aiguës. À la fin, on s'entend : le peintre accepte de réduire son prix, et Luc-Albert peut emporter le tableau. Même s'il lui en coûte, il n'a pas l'intention de l'exposer dans la salle de réunions de l'hôtel de ville. Il lui faudra faire appel à un art moins bavard.

Luc-Albert Lamontagne s'amène chez son curé pour lui demander conseil, lui disant qu'après mûre réflexion il ne veut pas d'un tableau : il préférerait quelque chose de plus discret et de plus durable. Le curé en profite pour revenir à son idée de vitrail : après tout, les vitraux durent plus que les tableaux, on en voit dans les églises en France qui sont en place depuis des siècles et qui ont traversé sans dommage toutes les guerres que l'Europe a connues.

S'il ne dédaigne pas de demander conseil, surtout quand il ne lui en coûte rien, Luc-Albert Lamontagne n'est pas parvenu où il est en laissant ses projets partir à la dérive au premier souffle. Il y a peu de chances que la guerre parvienne jusqu'à Saint-Issaire : il n'a pas besoin d'un vitrail, il se contentera d'une statue. Le curé en a fait faire pour ses églises, il doit connaître un jeune sculpteur qui ferait son affaire.

Le curé promet d'en parler à un vicaire de la cathédrale, qui est responsable d'acheter les statues pour toutes les églises du diocèse. Quelques jours plus tard, Luc-Albert a le nom d'un jeune sculpteur qui serait heureux de faire sa réputation en statufiant un homme aussi considérable, à un prix raisonnable. Les négociations n'amassent pas mousse, l'affaire est conclue sans discussions ni calculs inutiles. Le jeune sculpteur y gagnera.

Entre-temps, Luc-Albert en a parlé au maire, qui sait que les élections ne se font pas avec des prières : la municipalité achètera la sculpture au prix coûtant et l'installera dans le hall de l'hôtel de ville. Ce sera pour le sculpteur une façon de s'attirer de nouveaux clients, sans parler du prestige que cela lui apportera : il pourra ainsi majorer ses prix quand la clientèle augmentera.

Marché conclu, les choses ne traînent pas : Luc-Albert Lamontagne n'est pas parvenu où il est en laissant les choses traîner en longueur, une fois qu'on s'est entendu sur un prix. Mais une sculpture n'est pas une photo : il faut y mettre le temps. C'est d'ailleurs pourquoi une sculpture n'est pas à la portée de tout le monde.

Pour donner toute sa portée et tout son sens à son œuvre, le sculpteur doit connaître la biographie de son sujet, qui de toute façon ne s'en serait pas privé, puisque le sculpteur n'a besoin que de ses mains pour travailler. Une semaine, et le sculpteur est au courant de l'histoire des succès de Luc-Albert Lamontagne.

Une semaine, et le sculpteur a terminé son esquisse dans la glaise. Luc-Albert trouve que c'est peu de temps pour ce qu'il paie, mais le sculpteur l'assure qu'il devra y travailler encore plusieurs semaines avant de créer un moule, dans lequel il lui faudra ensuite couler le bronze, comme il se doit.

Un mois plus tard, le sculpteur lui présente sa statue de pied en cap, grandeur nature, en bronze comme il se doit, pour s'assurer qu'elle passe à la postérité. Luc-Albert Lamontagne y a bonne mine, fière allure et noble prestance. Mais il aperçoit par-dessus son épaule un brouillard, ou une buée, en bronze comme il se doit, où il reconnaît ses trente mille cochons. Ni bruyants ni odorants, mais leur présence nuit considérablement au prestige de la statue. Luc-Albert refuse de payer : les cochons n'étaient pas compris dans le prix. Le sculpteur réplique que, sans les cochons, il n'y a pas de sculpture et que, par conséquent, l'œuvre lui appartient. Les négociations deviennent plus ardues, les reparties plus aiguës. À la fin, on s'entend : le sculpteur accepte de réduire son prix, et Luc-Albert peut emporter la statue. Même s'il lui en coûte, il n'a pas l'intention de l'exposer dans le hall de l'hôtel de ville. Il lui faudra faire appel à un art moins bavard.

Cette fois, il ne consulte pas son curé, qui chercherait encore à lui vendre son idée de vitrail : Luc-Albert Lamontagne n'est pas parvenu où il est en laissant ses projets partir à la dérive à la première brise venue d'ailleurs. Il connaît un journaliste qui se fera un plaisir d'écrire sa biographie, à un prix raisonnable. Les négociations n'amassent pas mousse, l'affaire est conclue sans discussions ni calculs inutiles. Le journaliste y gagnera, et sans passer par les politiciens.

Luc-Albert Lamontagne s'occupera lui-même de vendre le livre, à un prix raisonnable, à ses anciens clients et à tous les Saint-Issairois, sans compter les Canadiens français et les Québécois qu'il aura l'occasion de rencontrer en Floride. Après tout, ce n'est pas en distribuant gratuitement ses biens à droite et à gauche que l'on s'assure la considération des gens sérieux. Leur propre prestige y gagne d'ailleurs d'avoir dans la paroisse un homme aussi considérable que Luc-

Albert Lamontagne. Lui n'a jamais lésiné lorsqu'il s'agissait d'entretenir la considération qu'on lui portait : il savait que le prestige de Saint-Issaire en dépendait. Que ses concitoyens fournissent leur part à présent.

Marché conclu, les choses ne traînent pas : Luc-Albert Lamontagne n'est pas parvenu où il est en laissant les choses traîner en longueur, une fois qu'on s'est entendu sur un prix. Mais un livre n'est pas un article de journal : il faut y mettre le temps. C'est d'ailleurs pourquoi un livre n'est pas à la portée de tout le monde.

Pour donner toute sa portée et toute son étendue à sa biographie, le journaliste propose d'entreprendre des recherches auprès des anciens clients et dans les papiers de la famille. Inutile de perdre du temps, lui assure Luc-Albert, il lui racontera tout ce qu'il faut et lui fournira toutes les photos dont il pourrait avoir besoin.

Trois jours, et le journaliste est au courant de l'histoire des succès de Luc-Albert Lamontagne, qui a commencé par un poulailler, puis un deuxième, puis un troisième, avant de se lancer dans tout ce qui se rapporte à l'industrie agro-alimentaire. À une époque où personne n'y croyait, les cultivateurs se contentant de quelques poules dans la basse-cour, Luc-Albert Lamontagne, lui, avait compris que l'avenir et les profits étaient dans l'élevage industriel. Maintenant que ses deux filles sont mariées à des hommes d'affaires sérieux, qu'il a établi deux de ses garçons dans des entreprises qu'il a lancées et que son plus jeune est avocat, il peut récolter les fruits de son succès : il a vendu ses entreprises et se contente de faire travailler ses courtiers. L'avenir est à la bourse, il faut en convaincre tous nos concitoyens.

Le journaliste n'a eu qu'à écouter, même pas besoin de travailler de ses mains. Luc-Albert trouve que c'est peu pour ce qu'il paie, mais le journaliste l'assure qu'il devra y consacrer encore plusieurs mois avant que le livre ne soit écrit et imprimé avec une belle couverture en couleurs, comme il se doit.

Deux mois plus tard, le journaliste lui présente son livre, avec une couverture en couleurs, comme il se doit. Luc-Albert Lamontagne y figure de pied en cap devant de beaux champs de blé tout dorés : il a bonne mine, fière allure et noble prestance. À l'intérieur, la plupart des photos ne sont qu'en noir et blanc, mais toutes ses autos y figurent et la plupart des bâtiments qu'il a fait construire, y compris l'hôtel de ville, sans compter ses photos de noces et celles des noces de ses filles, qui sont en couleurs.

Le livre se vend bien : Luc-Albert Lamontagne n'est pas parvenu où il est en laissant traîner les choses. Il peut maintenant parler en étant sûr qu'on l'écoute, au lieu de regarder par-dessus son épaule. Après tout, il y a mis le prix : c'est peut-être même le premier pas vers le Sénat.

Et maintenant, quand il se regarde dans le miroir, les trente mille cochons n'y sont plus. Lui non plus, d'ailleurs. Mais il lui suffit de regarder la couverture de

son livre pour s'y voir de pied en cap, ayant bonne
mine, fière allure et noble prestance, en couleurs
comme il se doit.

LA VENTE AUX ENCHÈRES

ON VIENT AU MONDE emmailloté d'illusions ; à mesure qu'on les perd, il faut trouver de quoi les remplacer pour se vêtir. C'est sans doute pourquoi Adam et Ève vivaient nus au Paradis terrestre, mais durent se couvrir après avoir mangé du fruit de la connaissance. Rien ne prouve cependant qu'ils aient trouvé vêtements plus à leur mesure après avoir été expropriés. On peut même être à peu près assuré du contraire, si l'on se fie à l'expérience commune. De là naît le cynisme de l'adolescence, qui n'a pas de raisons de croire que d'autres plaisirs puissent advenir de ces déconvenues, et qui peut-être n'a pas tort.

La maturité, en les épurant, ternit les plaisirs. Noël n'a plus même saveur quand on découvre que les étrennes se paient et que les factures doivent être acquittées avant la fin janvier. De même quand on apprend d'où viennent les enfants et comment ils se fabriquent. Ce sont découvertes qui se font d'ordinaire en assez bas âge et qui marquent la fin de l'enfance.

D'autres ne surviennent que beaucoup plus tard; pour certaines, on n'a pas trop de toute une vie.

C'est par cette voie, et assez tard, que j'appris ce que coûtent les honneurs : j'en perdis quelque peu le goût, que je n'ai pas retrouvé depuis.

Je revenais du collège, tout bardé de connaissances et de croyances — je ne découvrirai que plus tard à quel point les connaissances fraîchement acquises, si elles délogent parfois l'innocence avec arrogance, colportent elles aussi leurs illusions, souvent en plus grand nombre et moins justifiées que celles dont elles se croient libérées. Pendant mon absence, je m'étais transformé, et la cause n'en était pas les quelques poils qui m'avaient poussé au menton : ils en étaient plutôt la conséquence.

J'étais parti citadin, je me retrouvais Saint-Issairois. C'était passer de la règle à l'exception, celle-ci n'ayant nullement l'intention de confirmer celle-là. Je me retrouvai à Saint-Issaire pour la première fois au temps des fêtes.

Les quelques poils qui m'avaient poussé au menton faisaient apparaître chez les jeunes filles du voisinage, et tout autant chez celles que le hasard plaçait sur mon passage, des formes nouvelles, qui exerçaient un attrait inexpliqué mais indéniable. Ces mêmes poils au menton, s'ils confirmaient ma supériorité à bien des égards, me firent perdre une bonne part de mon assurance ; ils me donnèrent aussi droit à quelques conversations sérieuses avec mon père. J'appris ainsi que, s'il comportait des privilèges que j'avais encore à découvrir, le statut d'immigrant avait aussi ses inconvénients. Ce que j'avais cru assuré et comme allant de soi bien souvent ne se produisait maintenant qu'après beaucoup d'hésitations et même n'advenait plus. Je me croyais, comme toute ma famille, bon catholique de père en fils, et donc de même race que tous les Saint-Issairois. Je dus me rendre à l'évidence : notre religion avait quelque chose d'hérétique. À moins que ce ne fût précisément la religion des immigrants ou des étrangers.

J'avais toujours pensé, par exemple, que la messe de minuit faisait partie de Noël ; j'appris que ma famille ne pouvait pas y assister. Et si nous ne pouvions pas assister à la messe de minuit, c'était pour la même raison que nous ne pouvions pas assister à la grand-messe, le dimanche : nous n'avions pas de banc.

Je me trouvai quelque peu piqué de ne pouvoir assister à la messe de minuit, mais m'en consolai à l'idée de me retrouver le lendemain, tout frais, tout dispos, en compagnie devenue attrayante par l'effet de mes quelques poils au menton. Quant à la grand-messe, je m'en passais volontiers, heureux de me retrouver, en vacances, à l'abri du chant grégorien et des sermons, qui pleuvaient à satiété au collège ; j'avais même eu à y encaisser quelques semonces publiques, parce que j'avais tenté d'ajouter du piquant au chant grégorien en insérant un roman entre les pages de mon recueil. Mais mon père, lui, était humilié de cette incapacité qui confirmait son statut d'immigrant.

Quand je revins dans ma famille, à l'été, pas plus de poils au menton qu'à l'hiver, je constatai qu'elle n'avait pas encore abjuré son hérésie pour se convertir à la religion des Saint-Issairois. Mon père en était toujours aussi humilié.

Une fois par année, les bancs étaient mis aux enchères. Quand approcha cette occasion de changer de religion, j'en touchai mot à mon père, lui demandant s'il comptait se procurer un banc. J'appris que c'était chose impossible. Les lois de la bienséance ne permettaient pas de déloger quelqu'un : c'eût été faire preuve d'hérésie encore plus condamnable que de s'installer, le dimanche à la grand-messe, dans un banc qui ne vous appartenait pas. Seule la mort pouvait déloger un Saint-Issairois de son banc, et encore n'était-ce pas sûr. Chose certaine, la veuve en héritait et les descendants mâles ou femelles, directs ou indirects. On avait même vu, à propos d'un banc, des querelles de succession qui n'avaient évité de se terminer en cour que par la grâce de compromis laborieusement négociés par les avocats de part et d'autre. Et quand, par quelque concours de circonstances tout à fait exceptionnelles, le détenteur d'un banc ne laissait ni veuve ni héritiers directs ni indirects, les affrontements entre acquéreurs potentiels devenaient féroces, si l'on n'était pas parvenu à s'entendre à l'avance. On racontait que des voisins de longue date ne se parlaient pas depuis deux générations, à cause d'une rivalité aux enchères pour un même banc.

La vente des bancs avait lieu le dernier dimanche d'août, après la grand-messe. Quand arriva le jour de la vente, j'annonçai à mon père que je comptais m'y rendre pour voir comment cela se passait et lui demandai, tout innocemment, s'il voulait que j'achète un banc, à supposer que l'occasion s'en présente. Il me répondit que, si un banc était libre, je pouvais monter jusqu'à cent dollars. C'était beaucoup plus que ne le lui permettaient ses revenus de petit commerçant : il fallait qu'il fût profondément humilié par son statut d'immigrant pour engager ainsi des profits que l'épicerie ne livrait qu'au compte-gouttes.

De mon côté, je m'étais renseigné : les premières places dans les rangées latérales valaient trente-cinq dollars, puis les prix descendaient jusqu'à vingt dollars à mesure qu'on reculait. Les bancs de chaque côté de la grande allée pouvaient valoir jusqu'à soixante-quinze dollars. Le meunier et le marchand de bois, qui détenaient chacun le huitième banc de chaque côté de la grande allée, les payaient cent cinquante dollars : tout le monde savait ainsi qui tenait le haut du pavé dans la paroisse. Les deux derniers bancs des rangées latérales n'étaient pas mis aux enchères : la religion faisant bon ménage avec la charité, c'étaient les bancs des pauvres, que, par délicatesse, on appelait les bancs des visiteurs. Le reste était à l'avenant, chacun payant selon son bon vouloir, puisque personne n'enchérissait sur la somme annoncée.

Ce dimanche-là, je m'installai sur le perron de l'église pour attendre la fin de la grand-messe, qui fut signalée par l'exode des femmes et des enfants, les hommes demeurant seuls à l'intérieur pour les hostilités.

En entrant, je fus tout heureux d'apercevoir ici et là des bancs libres et me dirigeai modestement vers l'un d'eux, dans la rangée centrale, mais du côté de l'allée latérale, en me disant que ce serait plus facile que je ne l'avais prévu, la mort ou l'irréligion ayant eu la bonne grâce de déblayer le terrain. J'allais bientôt déchanter, lorsque je comprendrais le sens du regard noir et du froncement de sourcils qu'avait eus, en se tournant vers moi, l'occupant du banc qui précédait celui que j'appelais déjà le mien, mais où, en réalité, je n'étais qu'un intrus.

Le curé ne participait pas à ce rite : l'un des marguilliers y présidait, à un lutrin dressé devant la sainte table ; les deux autres étaient installés dans le chœur, assis à une table, où ils enregistraient les résultats de la vente aux enchères, en cochant le nom et la somme qui se trouvaient déjà inscrits vis-à-vis du numéro de chaque banc et demeuraient les mêmes d'une année à l'autre. Les marguilliers occupant d'office les trois premiers bancs à droite de la grande allée, leur impartialité était assurée : nommés à vie, ils n'avaient pas à se préoccuper d'acheter un banc tant qu'ils remplissaient leurs hautes fonctions.

La vente commença par le premier banc de l'allée latérale gauche. À l'annonce du numéro de son banc, le propriétaire actuel, qui y était assis, proposa un prix :

— Trente-cinq piastres.

Le marguillier encanteur enchaîna aussitôt :

— Vendu à Albert pour trente-cinq piastres.

Puis il se tourna du côté des deux marguilliers enregistreurs, qui acquiescèrent d'un double hochement de la tête avant de cocher leur registre. Sur ce, le marguillier encanteur pivota de nouveau vers la nef pour annoncer le numéro suivant.

La mécanique était bien réglée, les ventes allaient rondement. En quelques minutes, on avait assuré pour une autre année la perpétuité des cinq premiers bancs de l'allée latérale. Les prix étaient descendus à trente dollars depuis le troisième banc.

Le sixième banc était libre : j'étais décidé à m'en déclarer acheteur à trente dollars et me voyais déjà annonçant à mon père qu'il n'était plus immigrant, puisqu'il avait dorénavant sa place à l'église, et tout cela pour seulement trente dollars. Le marguillier encanteur n'avait pas encore déclaré que le cinquième banc était vendu — « À Ernest, pour trente piastres » — que celui-ci, un grand maigre à la pomme d'Adam saillante et à la chevelure noire et luisante comme son complet, se levait et pivotait sur ses talons pour s'installer dans le banc suivant. À l'annonce du numéro six par le marguillier encanteur, Ernest déclara : « Trente piastres pour Alphonse. » Et le marguillier encanteur d'enchaîner :

— Vendu à Alphonse pour trente piastres.

Je n'étais pas revenu de ma surprise que déjà le marguillier encanteur annonçait le numéro sept.

Le temps de comprendre que les propriétaires des bancs que je croyais libres étaient simplement absents, mais qu'ils avaient mandaté leurs représentants, on en était déjà au huitième banc. D'une voix qui me parut moins assurée que celle de ses prédécesseurs, son occupant proposa :

— Vingt-cinq piastres.

Ou bien le banc était de moindre prestige, ou bien son propriétaire était radin. Sans bouger de ma place, je déclarai d'une voix enrouée par l'émotion :

— Trente dollars !

Le marguillier encanteur avait déjà entonné sa ritournelle et amorcé son mouvement de girouette. Il en demeura la ritournelle suspendue et le mouvement figé, comme par un vent contraire. Le propriétaire du banc numéro huit se tourna brusquement, pour me dévisager avec l'air de quelqu'un qui aperçoit une mouche dans son bidon de lait, puis il se reporta de tout son corps vers le marguillier encanteur. Celui-ci, revenu de la suspension de sa ritournelle et de son mouvement giratoire accroché à l'air immobile, déclara d'une voix moins assurée :

— J'ai déjà dit : « Vendu. »

— Merci, lui dis-je d'une voix qui avait repris du poil au menton.

— Non, non. Je veux dire que j'ai dit que c'était vendu à Éphrem pour vingt-cinq piastres.

— Et moi, j'ai mis trente dollars pour le banc numéro huit.

— Tu peux pas faire ça, mon garçon.

— J'ai annoncé trente dollars pour le banc numéro huit. Vous pouvez le déclarer vendu à trente dollars, mais non à vingt-cinq. Mon nom est...

— Je sais comment tu t'appelles. C'est pas à toi de me dire comment mener mon affaire.

Puis, après avoir consulté du regard du côté de la grande allée et en avoir reçu sans doute l'inspiration espérée, il enchaîna :

— On a une offre de trente piastres pour le banc numéro huit. Est-ce qu'on a plus ?

Je vis l'occupant du banc en litige se raidir de la nuque avant d'élever la voix :

— Trente-cinq piastres.

— Quarante dollars.

Mon rival haussa les épaules, pencha la tête en avant comme pour foncer et, d'une voix que la colère rendait plus aiguë, annonça :

— Cinquante piastres !

— Soixante !

— Soixante et dix !

— Soixante-quinze !

— Quatre-vingt-dix ! Tabarnac !

À cent cinquante, il avait commencé à crier comme s'il rappelait à l'ordre l'une de ses vaches qui lui aurait marché sur un pied. Après qu'il eut annoncé deux cent dix dollars, je me tus. Le marguillier encanteur s'empressa de déclarer :

— On a deux cent dix piastres. On a pas plus ? Vendu à Éphrem pour deux cent dix piastres.

Le dénommé Éphrem garda la nuque bien raide, sans même daigner me jeter un regard de triomphe ou de dépit.

Au suivant, je m'arrêtai à cent soixante-quinze dollars et le propriétaire perpétuel en fut quitte pour cent quatre-vingt-cinq. Le dixième monta à deux cent trente et le onzième à deux cent quarante. Au douzième, l'occupant sauvegarda son droit de propriété en misant d'emblée cent cinquante dollars, sur quoi je m'abstins d'enchérir. Le suivant, croyant avoir trouvé la façon d'en finir avec l'importun, annonça lui aussi cent cinquante dollars d'entrée de jeu. Je fis monter les enchères à deux cent soixante-quinze dollars.

On procéda ainsi jusqu'aux bancs des pauvres au bout de la rangée latérale, puis on recommença avec le premier banc du côté gauche de la rangée centrale. À mesure que l'on avançait, je prenais de l'assurance et poussais les prix chaque fois un peu plus haut. Quand le marguillier encanteur annonça le banc numéro douze, qui se trouva être celui que j'occupais sans le savoir, mon voisin d'en face, sur qui j'avais enchéri jusqu'à trois cent vingt dollars, prononça d'une voix décidée :

— Trois cents piastres pour Lionel Groulx !

Je me contentai de le faire monter à trois cent cinquante avant de me désister.

Quand on parvint aux bancs du côté de la grande allée, les enchères montèrent rapidement dans les cinq, six cents dollars. Personne ne tournait plus la tête de mon côté, mais je voyais devant moi les nuques se raidir. De l'autre côté de la grande allée, quelqu'un m'interpella :

— Hé, le jeune, as-tu la permission de ton père pour acheter un banc ?

Sans tourner la tête, je rétorquai :

— Allez le lui demander si vous voulez le savoir.

De quelques bancs plus bas, un autre me lança :

— Hé, le jeune, jusqu'à combien que ton père t'a dit que tu pouvais aller ?

Je ne bougeai pas la tête davantage : c'était le seul moyen d'empêcher que ma nervosité ne me trahisse.

— Vous n'avez qu'à mettre plus haut si vous voulez le savoir.

Les prix montaient de plus en plus vite et de plus en plus abruptement. Les deux marguilliers assis dans le chœur en avaient la langue sortie et le nez de plus en plus proche de leur registre. Le marguillier encanteur, lui, s'épongeait le front pendant que les enchères montaient et, à la moindre pause, criait d'une voix rauque :

— On a cinq cent soixante et dix piastres ! On a-t-y plus ? Vendu !

Quand on parvint au meunier, assis légèrement en biais, celui-ci annonça calmement, mais fermement, comme s'il donnait un ordre auquel il n'attendait pas de réplique :

— Cinq cents piastres.

Ma voix en perdit quelques poils au menton, mais je n'en prononçai pas moins :

— Six cents dollars !

Je m'arrêtai à deux mille deux cents dollars, et lui à deux mille cinq cents. Quand vint le tour du marchand de bois, son vis-à-vis et son égal en tout, celui-ci annonça d'emblée deux mille cinq cents dollars. Je n'enchéris pas, pour éviter de susciter une rivalité malsaine entre les deux notables les plus importants de la paroisse, qui s'entendaient si bien sur tout.

Les enchères redescendirent dans les cinq, six cents dollars pour les bancs donnant sur la grande allée puis plafonnèrent à trois, quatre cents pour ceux qui donnaient sur l'allée latérale. Mais la vente y perdit en décorum : certains occupants, exaspérés, se levaient, se tournaient de mon côté et lançaient des chiffres à la volée, en les ponctuant de jurons bien sonores. Le marguillier encanteur, qui suait de plus en plus, se contentait de crier la somme à laquelle les enchères s'étaient arrêtées puis annonçait d'une voix tonitruante :

— Vendu ! Suivant !

Quand il ne resta plus que cinq ou six bancs à l'arrière, dans la rangée latérale, je sortis en regardant droit devant moi. Quelqu'un me lança :

— C'est ça, sauve-toi ! T'as fait assez de dégâts.

De retour à la maison, j'annonçai à mon père :

— Je n'ai pas pu vous acheter un banc. Si vous voulez, j'essaierai encore l'an prochain.

Pour cacher sa déception, il se contenta de répondre :

— On verra.

Les fils sont rarement à la hauteur des attentes de leur père ; c'est sans doute pour rétablir l'équilibre que les mères les placent toujours au-dessus des leurs.

Le lendemain, je partis pour le collège. J'imagine qu'on ne tarda pas à mettre mon père au courant de ce qui s'était passé à la vente des bancs. Il ne m'en parla jamais.

L'été suivant, je ne revins pas à Saint-Issaire : la barbe ayant remplacé mes quelques poils au menton, je m'étais trouvé un emploi en ville. De toute façon, je n'aurais pu recommencer l'exercice : entre-temps, le conseil de la fabrique avait décidé d'abolir la vente des bancs. Comme les marguilliers n'agissaient jamais de leur propre chef, on peut supposer que certains paroissiens leur avaient fait connaître leur façon de penser. À moins que ce ne soit le curé.

J'ai appris par la suite qu'on soupçonnait le curé d'avoir monté le coup, de connivence avec moi, pour augmenter les revenus de la vente des bancs. Ce n'est pas moi qui dirai le contraire : pour une fois que j'ai l'occasion de me trouver du côté de l'autorité.

ROUTE PAR-DERRIÈRE, CIMETIÈRE PAR-DEVANT

J'AI BÂTI MAISON au rebord de la plaine. Loin des monts et des rivières, hors les distances qui exigent repères. J'ai bâti maison loin des monts et des rivières, à l'écoute de la plaine. Hiver, été, le vent s'y perd, cherchant son souffle et de quoi retenir sa course. Tourmente de froidure, tourments de chaleur, loin des rivières, des lacs et des monts.

La plaine ne s'ouvre à l'infini que pour se fermer sur elle-même. Par-derrière, la route, là-bas, coupant la plaine, rétablit l'horizon à ses pôles. Par-devant, le parc se replie sur soi : les arbres y retiennent le vent. Les pins et les épinettes y dressent leurs sombres monuments contre le temps, contre le vent.

Le matin, le soleil se lève par-delà l'un des pôles de la route, pour aplanir les ombres dans le parc par-devant. Quand vient le soir, la plaine s'élève pour se perdre dans la nuit, et le parc s'illumine soudain de feux étranges. Palace des ombres, où l'on vient de partout, par-delà l'horizon.

La nuit, des limousines noires, tous feux éteints, venues d'au-delà de l'horizon, s'y délestent silencieusement de leurs cortèges d'ombres. Parmi les hautes stèles funèbres, monuments sombres où brillent des feux sans reflet et sans chaleur, elles débarquent, au froissement soyeux de la nuit, dans le parc immobile et silencieux, que des feux étranges illuminent de l'intérieur. Palace des ombres flottant au rebord de la plaine, où chaque nuit s'abolit la plaine. Les feux immobiles ne s'y allument que pour donner profondeur à l'ombre.

Chaque nuit érige le palace des ombres au rebord de la plaine, là où le vent s'arrête parmi les arbres en errance. Palace des ombres où les âmes jouent leur destin. Roulette, chemin de fer, baccara de l'éternité.

Tous volets fermés par-derrière, ma maison ne s'ouvre qu'au parc immobile et silencieux par-devant. Le matin, j'ouvre par-derrière, du côté de la route, pour m'assurer que le soleil viendra projeter les ombres dans le parc. Le soir, je regarde, par-derrière, les nuages s'effilocher en rose et or.

Les arbres quitteront bientôt la plaine, où seuls les poteaux se dresseront comme de grands arbres dénudés. Les fils porteurs de mauve et de rose se confondent avec les nuages qui s'étirent. Chaque soir, je regarde du côté de la route, sachant que le jour y meurt dans sa splendeur désespérée. Et ses reflets allongent à l'infini l'ombre du parc en face, jusqu'à ce que ses feux s'allument dans la nuit, palace des ombres. Route par-derrière, cimetière par-devant.

Chaque soir, à une extrémité de la route, l'horizon se déploie en couleurs pastel : rose, bleu tendre, orange délavé. Les nuages qui l'encadrent peu à peu s'y fondent et leurs masses sombres s'emmêlent aux couleurs de l'horizon qui meurt. Les grands arbres se dressent, squelettiques, sur l'horizon qui les dépouille. Comme les artistes qui peignent sur les trottoirs, en retour des oboles des passants, le ciel déploie ses couleurs éphémères. Il ne recueille que les rêves et les espoirs. Une heure, et la nuit l'efface.

Pénélope n'attend rien ni personne. Les arbres sont en perpétuelle errance sur la plaine. Lorsque vient la nuit, ils quittent la plaine pour peupler le parc des ombres. Avant l'aube, ils revêtiront leur feuillage et retrouveront leur place sur la plaine.

Chaque matin, de rose, de bleu encore plus tendre, de mauve, l'horizon réinvente les couleurs pour recréer le tableau à l'autre extrémité de la route. Où les rêves et les espoirs renaissent.

Sur la plaine, on ne prend la route que pour se retrouver au point de départ. On ne court vers l'aurore que pour trouver le crépuscule ; on ne part que pour revenir.

Le jour sur la plaine efface toute tendresse. L'hiver y poudroie comme mer agitée ; l'été, la chaleur y halète, torride. Le vent y est tourmente et tourment.

Ulysse reprend la route vers l'horizon qui se dérobe. Pénélope, qui défait le temps, n'attend personne. L'immobilité est en face. La plaine s'y arrête. À l'aurore, les ombres s'y attardent autour des épinettes et des pins. Au matin, les fleurs retrouvent leurs couleurs et les gazons sortent de la nuit pour rassembler la lumière.

Puis ses serviteurs arrivent pour le rituel quotidien. Partisans de l'ordre immuable, ils réparent les désordres de la nuit, remettant tout en place, selon les mêmes apparences, pour la nuit qui vient. Ils y passent le jour. Au crépuscule, ils s'évanouissent, pour céder le pas au peuple de la nuit. Jamais l'un d'eux ne s'y aventure la nuit. Seules les ombres y habitent, venues d'ailleurs.

Quand vient la nuit, le parc perd sa profondeur et s'illumine de feux étranges. Qui s'y aventure au crépuscule y demeure, prisonnier de l'éternité. Des ombres y viennent et en repartent, mais jamais personne n'en sort. Seuls les arbres, en perpétuelle errance, passent du jour à la nuit. Mais sont-ils du jour ou de la nuit ? Sait-on quelle absence les habite ?

Route par-derrière, cimetière par-devant. C'est par-devant que je me retourne, sachant que je m'y achemine. Les serviteurs du jour y répandront mes cendres, pour la croissance des gazons, d'une riche verdure sombre. Les serviteurs de la nuit y répandront le silence, où s'allumeront des feux sans chaleur ni reflet.

Le vent qui le jour et la nuit tourmente la plaine s'apaise dans le parc en face, mais les lumières s'animent et l'on voit des ombres qui passent parmi les arbres immobiles. Smokings et robes de soirée habillent des silhouettes sans chair. La nuit habite des orbites vides. J'entends par-devant leurs rires étouffés et le cliquetis de leurs gestes saccadés. Elles arrivent en limousines noires, tous feux éteints : elles viennent de par-delà l'horizon, y retourneront avant l'aurore.

Route par-derrière, cimetière par-devant. J'ai bâti maison loin des monts et des rivières, à l'écoute de la plaine. Hiver, été, le vent s'y perd, cherchant son souffle et de quoi retenir sa course. Tourmente de froidure, tourments de chaleur, loin des rivières, des lacs et des monts. La plaine ne s'ouvre à l'infini que pour se replier sur elle-même.

J'ai bâti maison au rebord de la plaine, loin des monts et des rivières, hors les distances qui exigent repères.

TI-NESSE

« Toute connaissance passe par les sens », affirmait péremptoirement Thomas d'Aquin. L'écrivant en latin, qui était l'anglais de l'époque, il était sûr d'avoir raison. L'adage n'en est pas moins tombé quelque peu en désuétude. Surtout depuis que l'on divise la connaissance en deux sphères qui ne communiquent pas entre elles : l'une, réservée aux savants, passe par les laboratoires ; l'autre, universelle, passe par la télévision. Quant à la sagesse, elle suit sans doute d'autres voies, bloquées chez les uns, encombrées chez les autres.

L'adage scolastique, même s'il a le tort d'être trop évident, contient une part de vérité. Il pourrait, par exemple, expliquer pourquoi certains comprennent moins vite que d'autres, même s'ils ne sont pas moins intelligents ni plus bêtes.

Tel était Ti-Nesse, qui, sage d'apparence et de comportement, n'allait jamais au-devant des idées — ce qui peut être aussi une forme de sagesse. La démarche mesurée, replet comme un chanoine, rien n'entamait sa sérénité, même les questions auxquelles il n'avait pas réponse, et elles étaient nombreuses. Il conservait tout le jour le sourire qui l'avait habité pendant son sommeil. Quand sa mère disait qu'il était sage, elle l'entendait cependant dans un tout autre sens. Les mères, ayant consacré les neuf premiers mois à les méditer de l'intérieur, ne peuvent jamais voir leurs enfants tout à fait de l'extérieur. Sur ses vieux jours, celle de Ti-Nesse s'inquiétait de ce qu'il adviendrait de son enfant quand elle n'y serait plus. Depuis au-delà de quarante ans qu'elle veillait sur lui, elle savait qu'il avait été un enfant docile et qu'il l'était encore, mais elle se demandait qui saurait, comme elle, le comprendre et lui parler pour qu'il comprenne.

Selon l'adage scolastique, Ti-Nesse avait un tamis plus fin que les autres : la connaissance, en passant par les sens, s'y agglutinait. Malgré ses bonnes dispositions et son apparence de dignitaire ecclésiastique préoccupé de questions intemporelles, les idées ne lui parvenaient qu'avec beaucoup de retard. À cause des embouteillages qu'elles produisaient, si elles sautaient des intervalles, elles se brouillaient souvent entre elles.

Toute question suscitant de prime abord une profonde perplexité, la moindre conversation exigeait de sa part un effort de concentration aussi grand que la spéculation métaphysique chez d'autres. Il en résultait une pondération que certains auraient parfois avantage à imiter. À un âge où la plupart croient tout savoir et n'avoir plus rien à apprendre, Ti-Nesse continuait de faire des découvertes et de s'émerveiller de tout ce qu'il apprenait.

Ti-Nesse, en sa sagesse, n'avait qu'une passion : les pompes funèbres. Était-ce la mort qui le fascinait ou les rituels dont elle s'entoure pour mieux se dérober ? S'intéressait-il au sort des défunts ou à celui des survivants ? Comment départager les raisons de la passion et en analyser les éléments ? Mais pourquoi le voudrait-on ? Demande-t-on à l'amoureux si c'est à cause de l'intelligence ou à cause des oreilles de la belle ? S'il préfère le nez ou la chevelure ?

On ne savait d'où lui venait cette fascination ni comment elle lui était advenue : Ti-Nesse y était fidèle et on respectait cette fidélité qui ne portait pas à conséquence. C'était sa seule excentricité. Pour le reste, il était comme tout le monde, en plus hésitant et en plus inoffensif. Même son intérêt pour les pompes funèbres n'avait rien de tellement étrange. On en connaissait d'autres qui étaient de toutes les veillées au corps et de toutes les funérailles. Son originalité tenait sans doute à ce qu'il ne cherchait pas à en tirer avantage ni à donner l'impression qu'il remplissait un devoir : il n'avait ni aspirations politiques ni standing social.

Autrefois, les veillées au corps réunissaient une joyeuse compagnie et offraient une table abondante : on avait pu lui prêter des motifs intéressés. Mais depuis que la paroisse s'était dotée d'un salon mortuaire, Ti-Nesse, toujours assidu, toujours le premier arrivé, était au-dessus de tout soupçon. Même si, s'embrouillant dans le calendrier, il lui fallait longuement réfléchir avant de décider à quel jour de la semaine on en était, Ti-Nesse savait toujours quand un mort était exposé. Ces soirs-là, il revêtait son complet gris, qui était aussi son unique complet, don bien involontaire de l'oncle défunt. En passant de l'oncle au neveu, le complet, boudeur, avait refusé de s'ajuster, mais il était toujours de circonstance. Ti-Nesse cirait ses souliers noirs, qui luisaient comme une lampe du sanctuaire, revêtait sa chemise blanche et enfilait sa cravate dont il ne défaisait jamais le nœud, car il aurait dû demander l'aide de sa mère pour la nouer et il aimait se débrouiller tout seul. C'est lui qui l'avait choisie au magasin, cette cravate : à fond noir pour la circonstance, à pois roses parce que ce n'était pas lui qui était en deuil.

Tout fier, Ti-nesse se présentait devant sa mère avant de quitter la maison pour le salon mortuaire : elle redressait sa cravate, relevait la mèche qui lui tombait sur le front, replaçait un bout de chemise sous sa ceinture, mais c'était par amour maternel plutôt que par souci d'élégance vestimentaire. Ti-Nesse le comprenait, qui ne manquait jamais au rituel, comme il écoutait toujours avec la plus profonde attention les recommandations que sa mère ne manquait pas de lui faire.

Aussitôt les portes ouvertes et la famille du défunt installée dans la place — jamais avant : il était poli, sa mère lui avait appris qu'on n'entre pas au salon avant la famille, même si l'on est arrivé avant elle —, Ti-Nesse faisait son entrée au salon mortuaire. Il évitait ainsi de faire la queue comme tout un chacun. Du même coup, il était sûr de retrouver sa place.

Il allait droit au cercueil, sans regarder ni à droite ni à gauche, s'agenouillait sur le prie-dieu attenant, puis, après quelques minutes, se relevait pour examiner le mort, d'un regard empreint tout ensemble du sérieux du professionnel et du détachement de l'habitué. Discrètement, sans même y toucher, il humait les fleurs, puis se tournait du côté de la famille alignée à la gauche du cercueil : la veuve si le mort était un mari, le veuf si la morte était mariée, les enfants, les brus, les gendres, les frères, les sœurs, les petits-enfants, les neveux, les nièces.

Ti-Nesse n'avait pas besoin de connaître tous les degrés de parenté qui, réglant la position de chacun par rapport au cercueil, déterminent le degré du deuil : il s'abstenait de faire la conversation ou de prononcer la moindre parole. Sa mère avait bien tenté de lui enseigner à dire « Mes sympathies », mais il s'embarrassait dans les syllabes, en changeait l'ordre, ajoutait des lettres, en omettait d'autres, tentait d'adresser la parole à l'un mais oubliait ce qu'il devait dire quand il parvenait au suivant : l'effort était si grand qu'au bout de la haie il en était tout en sueur. À présent, il accomplissait le rite avec l'aisance d'un ministre en tournée électorale, se contentant de donner la main à tous ceux et celles qui se trouvaient debout près du cercueil, offrant à chacun et à chacune, sans distinction de rang ni de degré de deuil, un large sourire, que les uns trouvaient réconfortant, les autres, incertain.

Ses civilités accomplies, Ti-Nesse se hâtait de retrouver son fauteuil, adossé à l'extrémité de la salle qui faisait face au cercueil et d'où il pouvait voir défiler tout le monde.

Le deuil prend des formes diverses, qui vont des sanglots et des larmes à la jovialité à peine contenue, en passant par la tristesse et la douleur, selon les liens de parenté, l'âge, le statut social du défunt et celui des survivants, les circonstances du décès et l'ampleur de l'héritage. Malgré sa passion pour les pompes funèbres, Ti-Nesse n'avait rien d'un croque-mort : il ne feignait pas la compassion ni n'endossait le deuil des autres. Ni les pleurs ni la douleur ne semblaient l'affecter. Dans la lumière tamisée du salon, parmi le parfum doucereux des fleurs et le murmure de la foule où s'élevait parfois un rire aussitôt réprimé, Ti-Nesse reflétait la béatitude promise aux élus et aux simples d'esprit.

D'une mort à l'autre, on s'était habitué à sa présence : on se serait même inquiété de ne pas le voir au salon. Quelques-uns se faisaient un devoir de le saluer au passage, comme si les condoléances dues à la famille du défunt devaient se propager jusqu'à lui :

— Salut, Ti-Nesse. Comment ça va ? C'est beau, hein ? Content ?

De toutes ces questions qui, ou bien n'en étaient pas, ou bien avaient une portée incommensurable, Ti-Nesse ne retenait que la dernière, qui les englobait toutes et à laquelle il répondait, après mûre réflexion, avec un large sourire.

— Ah! oui! soupirait-il doucement, comme si le contentement, trop longtemps retenu, redoublait de pouvoir enfin s'exhaler.

Ceux qui n'étaient pas de la paroisse, surtout s'ils étaient de la ville, le prenaient peut-être pour quelque parrain dispensant ses faveurs avec bienveillance. Mais personne ne se méprenait au point de le prendre pour un politicien ou un homme d'affaires : il avait l'air trop honnête et trop heureux.

Tant que le mort y recevait, Ti-Nesse revenait au salon. Mais il n'assistait pas aux funérailles ni — preuve irréfutable du caractère désintéressé de sa passion — au repas des funérailles. Comme si seul lui importait le rite intime par lequel se départagent les vivants et les morts, ou comme si sa béatitude ne pouvait s'accommoder de la présence d'autres officiants.

La mort, comme l'amour, abolit les repères : Ti-Nesse oubliait le temps qui passait. Sa mère, qui vieillissait, s'en inquiétait, comme si elle avait craint qu'il ne puisse trouver le chemin du retour après avoir contemplé un monde à sa mesure et à son rythme. Elle lui avait enseigné l'heure. Mais, à l'encontre des gens qui ont des opinions, une montre ne donne son avis que si on la consulte.

Ti-Nesse avait beau porter au poignet la belle Timex de son oncle défunt, celui qui lui avait bien involontairement fait don de son complet, il oubliait de la consulter. Pas plus que l'hôte de la soirée, qui s'en abstenait parce qu'il eût été impoli de signaler ainsi à ses invités le moment du départ, Ti-Nesse ne songeait à vérifier l'heure. D'ailleurs, même s'il y avait songé et s'il s'était rappelé à quelle heure il devait rentrer, le calcul de l'écart entre le présent et l'heure fatidique était si complexe qu'il en perdait le fil.

Dans la lumière tamisée et le parfum doucereux des fleurs, parmi le murmure respectueux de la foule venue se rassurer sur son immortalité en présence de la mort, le temps s'écoulait comme rivière perdue. Quand il arrivait à la maison, sa mère demandait à Ti-Nesse s'il avait pensé à regarder l'heure. Il vérifiait que l'heure à sa montre correspondait bien à celle de l'horloge, pour constater, à sa grande confusion, qu'il était en retard. Lisant sans effort le chagrin qui ennuageait le regard de sa mère, il promettait d'être à temps la prochaine fois.

À force de lire le chagrin dans le regard de sa mère, Ti-Nesse, bon enfant, avait trouvé une solution simple à un problème complexe : ce qu'en mathématiques on appelle une solution élégante. Un soir qu'il s'était préparé comme d'habitude pour se rendre au salon mortuaire, il s'était présenté devant sa mère avec le gros réveille-matin Timex suspendu à son cou par un lacet. Elle s'était abstenue de l'interroger, sachant que les réponses lui venaient mieux sans les questions. Elle avait redressé sa cravate, retroussé la mèche qui lui tombait sur le front et rentré un bout de sa chemise sous sa ceinture : par amour maternel plutôt que par souci d'élégance vestimentaire. Quand, après lui avoir fait ses recommandations d'usage, sa mère lui avait rappelé qu'il devait rentrer à dix heures, Ti-Nesse lui avait dit, en lui indiquant le réveille-matin suspendu à son cou par un lacet : « Fais sonner dix heures. » Elle n'avait eu qu'à régler la sonnerie. Ti-Nesse était parti tout confiant et tout content.

Ce soir -là, il y avait affluence au salon mortuaire : le mort, avant de se déclarer tel, était un commerçant respectable, en sa personne aussi bien qu'en son état. Sitôt les portes ouvertes, Ti-Nesse avait réussi de justesse à se faufiler à l'intérieur. Pour être sûr de retrouver son fauteuil, il avait même dû écourter l'examen du commerçant, devenu gisant pour la circonstance, et accélérer les poignées de main et les sourires à la famille alignée. À croire qu'on avait voulu l'empêcher de récupérer sa place habituelle.

À dix heures, on faisait encore la queue à l'extérieur. Toutefois, ce que par la suite on avait retenu de ce moment-là, ce n'était pas qu'on faisait encore la queue à l'extérieur — après tout, ce n'était rien de neuf, on la faisait depuis huit heures, et il faut s'y attendre quand on a un mort aussi respectable. Non, malgré tout ce qu'elle contenait de créanciers en attente de remboursement, de notables et de clients endettés, de curieux, de parenté couchée sur le testament et de connaissances de longue date, ce n'est pas la foule qui rendit ce moment mémorable. Ce fut plutôt Ti-Nesse, assis bien tranquillement dans son fauteuil adossé au mur de la salle, à l'extrémité opposée au cercueil. Plus exactement, c'est le gros réveille-matin suspendu par un lacet à son cou, qui, à l'incitation d'une mécanique bien réglée, choisit précisément ce moment pour déclencher sa sonnerie.

Sur le coup, on avait cru à un incendie : des remous de panique avaient agité dangereusement la foule. Mais on s'était bientôt rendu compte que la sonnerie n'avait rien d'impératif : plutôt un caractère hésitant, presque timide, mais non moins persistant, que l'on n'avait pas tardé à associer au réveille-matin que Ti-Nesse portait suspendu au cou par un lacet.

En entendant la sonnerie, Ti-Nesse, lui, avait momentanément interrompu sa béatitude pour trouver la source de ce bruit insolite. Ne voyant rien autour de lui qui y puisse correspondre, il avait calmement fouillé dans toutes ses poches, y compris celles de son veston, puis il avait examiné sa montre. Ce qui lui avait rappelé, sans doute par l'ubiquité du nom, qu'il portait son réveille-matin Timex suspendu à son cou par un lacet. Après quelques moments d'hésitation, il avait rabattu l'interrupteur de sa main grande ouverte puis, dans un silence consterné, s'était avancé pour remercier poliment son hôte, avant de sortir.

Se conjuguant au deuil pour en accentuer les formes, la sonnerie du réveille-matin avait eu des effets divers : les larmes chez les uns, le rire chez les autres. Certains juraient même qu'ils avaient vu le mort sursauter, mais on peut soupçonner qu'ils exagéraient : on échappe rarement à sa nature, même dans les circonstances les plus imprévues. En revanche, les émotions, si elles varient dans leur source et leur nature, se ressemblent étonnamment dans leurs manifestations.

Ti-Nesse, lui, était rentré tranquillement chez lui, sans se préoccuper de savoir comment on peut remonter de manifestations identiques à des émotions de sources et de natures diverses. Sa mère avait porté sur lui un regard où ne se lisait plus que la tendresse de l'avoir médité de l'intérieur pendant neuf mois et d'avoir veillé sur lui depuis plus de quarante ans.

De ce jour, la sonnerie de son réveille-matin fut fixée en permanence à dix heures. Les soirs où un mort était exposé, Ti-Nesse endossait son complet gris, don de l'oncle défunt et toujours de circonstance, cirait ses souliers noirs qui luisaient comme une lampe du sanctuaire et revêtait sa chemise blanche. Puis il enfilait sa cravate à pois roses sur fond noir, dont il ne défaisait jamais le nœud, et le réveille-matin, dont il ne détachait jamais le lacet. Sans le savoir et sans même s'interroger, les réponses lui venant mieux sans les questions, en attachant le lacet aux pattes du réveille-matin pour le suspendre à son cou, il avait aussi trouvé la solution à l'un des mystères de la loi de la gravité : le réveille-matin était à l'envers quand il était suspendu à son cou, mais à l'endroit quand Ti-Nesse y vérifiait l'heure.

Avant de quitter la maison pour le salon mortuaire, Ti-Nesse pouvait se présenter devant sa mère, tout fier d'être lui aussi à l'endroit : elle redressait sa cravate, relevait la mèche qui lui tombait sur le front, replaçait un bout de chemise sous sa ceinture, puis vérifiait que la sonnerie du réveille-matin était remontée, mais c'était par amour maternel plutôt que par souci d'élégance vestimentaire ou parce qu'elle ne faisait pas confiance à son fils. Ti-Nesse le comprenait bien, qui ne manquait jamais au rituel.

Les morts, eux, savaient qu'ils n'avaient pas à l'inviter pour leur vernissage : Ti-Nesse, toujours aussi assidu, y était le premier arrivé. Si son entrée demeurait toujours aussi discrète et sa présence toujours aussi rassurante quant au bien-fondé des béatitudes, sa sortie était devenue un événement attendu : avec angoisse chez les uns, avec hilarité chez les autres, chacun selon sa nature. À dix heures, infailliblement, la sonnerie du réveille-matin Timex suspendu à son cou par un lacet se déclenchait : de nature hésitante et timide, elle devenait insistante et tapageuse pour surmonter son embarras. On avait beau être prévenu, la sonnerie avait les mêmes effets que le deuil, provoquant les larmes chez les uns, le fou rire chez les autres. Certains soutenaient même que les morts en sursautaient, mais on oubliait toujours de vérifier, leurs dires ne venant qu'après coup.

Chaque fois qu'elle se déclenchait, la sonnerie du réveille-matin suscitait d'abord chez Ti-Nesse la même perplexité qu'une panne d'électricité frappant un ordinateur en pleine course. Il fouillait toutes ses poches, y compris celles de son pantalon, vérifiait sa montre puis, par voie d'induction analogique, en arrivait à la conclusion qu'il était dix heures. Il rabattait alors l'interrupteur du plat de la main puis se levait pour aller remercier poliment son hôte avant de sortir. Il pouvait ensuite rentrer tranquillement chez lui, tout fier de son ingéniosité autant que de sa ponctualité, sachant que sa mère l'attendait désormais sans inquiétude.

Ti-Nesse était un homme heureux : rares sont ceux qui parviennent ainsi à concilier le devoir et la passion. Le bonheur ici-bas demeure cependant relatif, même chez ceux à qui la béatitude est promise : le sien eût été plus complet si les morts avaient été plus nombreux. La paroisse n'arrivait même pas à en produire un par semaine, tout au plus un par mois. Les malins prétendaient même que leur nombre avait diminué depuis que Ti-Nesse s'amenait au salon portant au cou son réveille-matin Timex ; d'autres soutenaient exactement le contraire, associant la sonnerie du réveille-matin à une augmentation du nombre de crises cardiaques dans la paroissse. Comme quoi la statistique, si elle est une science exacte en son fonctionnement, demeure un art en son interprétation.

C'est le malheur des petits pays de ne pouvoir satisfaire les aspirations de leurs enfants les plus doués, qui doivent s'expatrier pour s'épanouir. L'idée n'en serait pas venue à Ti-Nesse ; d'autres l'avaient eue pour lui. Quelques joyeux drilles, avec à leur tête le gars d'Alfred Grandbois, un fameux joueur de tours en son temps, s'étaient donné pour tâche de pourvoir au plus grand bonheur de Ti-Nesse. Y avait-il un mort dans une paroisse voisine, ils s'offraient à l'y transporter et à le ramener à la maison à l'heure voulue.

Ti-Nesse acceptait volontiers, ne voulant pas déplaire à ses amis, à qui il était reconnaissant malgré tout. Son bonheur était cependant moins complet dans les paroissses voisines qu'à Saint-Issaire, et ce n'était pas seulement par attachement à sa patrie : on n'y arrivait pas à l'ouverture des portes, plutôt vers les neuf heures, et, par conséquent, il n'avait pas toujours un fauteuil ; d'autre part, personne ne venait le saluer. Il n'en respectait pas moins le même rite : allant droit au cercueil, il examinait le mort d'un regard empreint tout ensemble du sérieux du professionnel et du détachement de l'habitué, humait discrètement les fleurs sans même y toucher, puis offrait ses condoléances à la parenté alignée à la gauche du cercueil : la veuve si le mort était un mari, le veuf si la morte était mariée, les enfants, les brus, les gendres, les frères, les sœurs, les petits-enfants, les neveux, les nièces. Là aussi, Ti-Nesse s'abstenait de prononcer la moindre parole, se contentant de donner la main et d'offrir à chacun et à chacune, sans distinction de rang ni de degré de deuil, un large sourire de ministre en tournée électorale, que les uns trouvaient réconfortant et les autres, incertain, selon le parti auquel ils appartenaient.

Sur le coup de dix heures, la sonnerie du réveille-matin suspendu à son cou se déclenchait, pour se conjuguer au deuil et en accentuer les formes, qui demeuraient les mêmes d'une paroisse à l'autre, suscitant les larmes chez les uns et le fou rire chez les autres. Ti-Nesse, lui, l'accueillait toujours avec la même perplexité. Il fouillait toutes ses poches, y compris celles de son veston, vérifiait sa montre puis, par voie d'induction analogique, en arrivait à la conclusion qu'il était dix heures. Il rabattait alors l'interrupteur du plat de la main, puis se levait pour aller remercier poliment son hôte, même s'il était d'une autre paroisse. Il sortait ensuite, suivi de son cortège de joyeux drilles, qui, polis eux aussi, même s'ils étaient d'une autre paroisse, attendaient presque toujours d'être sortis avant de pouffer de rire. Ti-Nesse pouvait rentrer tranquillement chez lui, tout fier de son ingéniosité autant que de sa ponctualité, sachant que sa mère l'attendait désormais sans inquiétude.

Un jour, ses amis, avec à leur tête le gars d'Alfred Grandbois, lui demandèrent :

— Ti-Nesse, as-tu déjà vu un politicien mort ?

La question était plus complexe qu'il n'y paraissait de prime abord : Ti-Nesse dut y réfléchir longuement avant d'admettre, en fin de compte, qu'il n'avait jamais vu un politicien mort.

— Tu as de la chance, Ti-Nesse.

— Pourquoi j'ai de la chance ? C'est pas beau à voir, un politicien mort ?

— Non, non. Justement, c'est tellement beau qu'on les expose plus longtemps que les autres. Et il faut les garder dans une salle à part, pour empêcher qu'ils dérangent les autres morts. Et puis ils ont des cercueils plus beaux et plus riches que les autres, parce qu'ils sont payés par les autres, des cercueils tout en acier avec des parures en or massif.

Ti-Nesse était visiblement impressionné par tous ces renseignements au sujet d'un monde dont les coutumes lui demeuraient étrangères, même s'il s'apparentait au sien par ses valeurs essentielles.

— Ti-Nesse, as-tu déjà rencontré le député ?

Scrutant sa conscience et n'y trouvant rien à se reprocher, mais incertain du résultat, se demandant s'il n'allait pas ainsi décevoir ses amis, Ti-Nesse choisit tout de même de répondre par la négative, la vérité lui paraissant devoir l'emporter sur l'amitié.

— Eh bien, il est temps que tu le rencontres. Mieux vaut mort que jamais. On t'emmène au salon mortuaire à Rockland.

La ville, reniant son passé villageois, avait des aspirations banlieusardes : elle répandait dans les champs environnants des rubans d'asphalte, le long desquels les maisons poussaient comme des champignons. Elle en arrivait ainsi à produire deux ou trois morts par semaine, malgré sa relative jeunesse.

Ti-Nesse en était tout émerveillé : on y avait aménagé quatre salons dans un même édifice, où l'on exposait deux morts en même temps. Il passait d'une salle à l'autre, sa seule pensée étant de s'assurer que personne ne lui prendrait sa place. Et partout il demandait si c'était le député qui était dans ce salon.

— Patience, Ti-Nesse, il est dans une salle à part. Il faut attendre qu'on nous invite, lui répondaient ses amis, bien au fait des us et coutumes des hautes sphères de la société aussi bien que de celles de la ville.

Même si sa sérénité n'en était pas troublée pour autant, Ti-Nesse s'inquiétait quelque peu, car il savait qu'il lui faudrait obéir à l'injonction du réveille-matin supendu à son cou, dès que celui-ci lui signalerait qu'il était l'heure de rentrer à la maison. Heureusement, peu avant l'heure fatidique, le grand Grandbois lui avait fait signe de le suivre.

— Tu as de la chance, Ti-Nesse. D'ordinaire, on ne peut pas visiter les politiciens avant dix heures. On a obtenu une dispense pour toi, mais il faut pas le dire. Suis-nous sans parler à personne.

Ti-Nesse n'avait pas besoin de cette recommandation pour garder le silence. Même en temps ordinaire, il n'était pas porté à bavarder; dans les circonstances, il n'avait pas trop de toutes ses ressources pour suivre ses amis.

Dans le sous-sol du salon mortuaire, la lumière était tamisée, mais sans le parfum doucereux des fleurs ni le murmure de la foule. Ti-Nesse y découvrit avec émerveillement cinq ou six cercueils posés sur des chevalets, tous plus richement ornés les uns que les autres, mais tous fermés.

— Viens dans le fond, Ti-Nesse, on va t'ouvrir le cercueil du député.

Aussitôt dit, aussitôt fait. Ti-Nesse se trouve devant un mort qui, malgré une barbe noire et une moustache aussi funèbre, a l'air encore bien jeune. Il n'a pas sitôt commencé à l'examiner, avec le détachement d'un professionnel et le sérieux d'un habitué, que le mort se dresse sur son séant et sort tranquillement sa pipe de la poche de son veston. Puis, sans cesser de regarder droit devant lui, même s'il a les deux yeux fermés, feu le député annonce d'une voix solennelle :

— Depuis que je suis mort, je n'ai pas pu fumer ma pipe. Ti-Nesse, as-tu du feu ?

Pour la circonstance, Ti-Nesse ouvrit probablement le tamis plus grand que d'habitude, car il n'eut pas besoin de réfléchir longtemps :

— J'... j'... j'... j' fume pas, parvint-il à prononcer avant de pivoter sur ses talons pour traverser la salle sans un seul coup d'œil autour de lui.

Ce fut bien la seule fois de sa vie que Ti-Nesse quitta le salon mortuaire sans attendre la sonnerie de son réveille-matin suspendu à son cou par un lacet.

Pendant tout le trajet du retour, on eut beau lui poser des questions sur ses impressions au sujet du salon mortuaire de Rockland, en général, et sur feu le député, en particulier, Ti-Nesse fut encore moins loquace que d'habitude : on n'obtint de lui ni un mot ni même un sourire. Il semblait profondément absorbé par sa réflexion, mais on ne put savoir s'il s'interrogeait sur le sort des politiciens défunts ou sur les rites qui entourent leur survie.

Dès le lendemain, cependant, il avait tiré de son aventure les conclusions qui s'imposaient. Il était même disposé à en faire part, exceptionnellement, à qui voulait l'entendre.

— Y'a pas de feu en enfer, disait-il aussi péremptoirement qu'un théologien nouvelle vague.

Pourtant, Ti-Nesse n'ayant pas étudié le latin, on en était à peu près sûr, il n'avait pu mener bien loin ses recherches en apologétique.

— Mais voyons, Ti-Nesse, tu sais bien qu'il y a du feu en enfer. Le curé l'a encore dit la semaine passée dans son sermon.

— Y'a pas de feu en enfer, répétait Ti-Nesse avec la conviction des nouveaux convertis.

— Voyons donc, Ti-Nesse, comment peux-tu dire une chose pareille ?

— Je le sais, affirmait-il mystérieusement.

— Comment peux-tu le savoir ? Qui t'a dit cela ?

— Je le sais, répétait-il.

— Voyons, Ti-Nesse, comment peux-tu être sûr ? Es-tu allé voir ?

Alors, s'armant de patience pour expliquer une chose compliquée à des gens qui ont besoin qu'on leur morcelle l'information, Ti-Nesse disait :

— Y'a pas de feu en enfer. Si y'avait du feu en enfer, le député pourrait allumer sa pipe.

Ainsi naissent les convictions. Leur certitude s'oppose parfois à celle de la révélation, qui, elle, ne passe pas par les sens. Le conflit entre connaissance et révélation suscite chez certains un dilemme insurmontable ; chez les autres, s'inscrivant sans heurt dans les paradoxes de l'existence, il ne dérange pas le bonheur. On ne saurait dire lesquels font preuve de moins de sagesse.

TABLE